湖畔儿语

王统照　著

泰山出版社·济南·

图书在版编目（CIP）数据

湖畔儿语 / 王统照著. -- 济南 ：泰山出版社，
2024. 10. --（中国近现代名家短篇小说精选）.
ISBN 978-7-5519-0905-1

Ⅰ. I246.7

中国国家版本馆CIP数据核字第2024L4P372号

HUPAN ERYU

湖畔儿语

责任编辑　王艳艳　　刘紫藤
装帧设计　路渊源

出版发行　泰山出版社

社　　址　济南市泺源大街2号　邮编　250014
电　　话　综 合 部（0531）82023579　82022566
　　　　　出版业务部（0531）82025510　82020455
网　　址　www.tscbs.com
电子信箱　tscbs@sohu.com
印　　刷　山东通达印刷有限公司
成品尺寸　140 mm × 210 mm　32开
印　　张　7.125
字　　数　153千字
版　　次　2024年11月第1版
印　　次　2024年11月第1次印刷
标准书号　ISBN 978-7-5519-0905-1
定　　价　36.00元

凡　例

一、本书收录了作者的经典短篇小说，主要展现了作者的思想情感、审美取向与价值观念，以及当时的时代风貌等。

二、将作品改为简体横排，以适应当代的阅读习惯。原文存在标点不明、段落不分等不便于阅读之处，编者酌情予以调整。

三、作品尽量依照原作，以保持原作风格及其时代韵味，同时根据需要，对原文进行了适当的删减和订正。

四、对有些当时惯用的文字，如"的""地""得""作""做""哪""那""化钱""记帐"等，仍多遵照旧用。

序 言

田仲济

一

我们五四新文学运动以来的老诗人、小说家王统照同志逝世的第二年，拟出版他的文集，大概由于过去文学研究会的诸前辈，一般都年事已高且工作较忙，最后这编辑的任务就落到我身上了。诗人比我长十岁，我是一直作为长者尊敬他的。他的著作，诗歌、小说、散文等，虽然我曾读了些，但数量既不多，理解也不深。建国后我们在一地工作，接触多了，可又由于都忙于自己的工作，很少谈及到各人的创作问题。这次，对于他的作品接触得一多，使我吃惊的是过去对于他的理解是多末肤浅！也许这情形不仅限于对他一个人是如此吧？想到这里就更怅然了。

"……一贯的印象是：谦虚、淳朴、恳挚，……我是非常尊敬、怀念这位前辈的。"几个人的来信，说出了这样几乎一致的话；几个人的谈话，也表达了这样几乎相同的看法。就是这末一位谦虚、淳朴的长者，在年轻时曾是五四运动的活跃分子，文学研究会的发起人之一，还在学习期间于一九一八年就编辑过《中国大学学报》，一九一九年主办过《曙光》月刊，一九二三年印度诗人泰戈尔来华讲学，他担任过翻译。那真可说是峥嵘岁月少年时了。

诗人的文学创作的总字数不止四百万言，可惜有的散失了，例如他的旧体诗绝大部分，约一千五百首左右遗失了。他使用的文学形式是多样的：小说、诗歌、散文、戏剧；更有大量文艺评论和文化评论，这是他作品中不容忽视的一部分；诗歌中有白话诗旧体诗，白话诗中他试用了包括歌谣等各种形式。有的有韵，有的无韵，有的对话式，有的独白式。旧体诗，五言、七言、古风、民谣，他也都采用了。小说的题材极为广阔：官僚、地主、工人、农民、妓女、暗娼、僧道、隐士。他又善书法，他的书法不是清秀华美，而是遒劲凝炼，力透纸背，具有深厚的功夫。他不像同时代的有些作家，为自己的生活所局限，只写"身边琐事"或只作"自我的表现"。这说明了他在文学创作上并没受他的出身和生活的局限。而是不断地探索，不断地寻求。在新文学运动中，他是有所建树、有所成就、有所贡献的。所以国家出版部门于他逝世后，决定为他出版文集。

从一九六〇年起，将《文集》陆续编迄，交给了出版社。不久，十年浩劫就发生了，文稿几乎全部散失，万幸的是作者生前亲自整理的一部分手稿和剪存的报志大部分保存下来了，这给今天重新编辑工作带来了不少方便。不然的话，这是无法弥补的损失。

二

我们的诗人是新文学运动以来，以创作实践来充实新文学宝库最勤奋最努力的作家之一。但他开始写作则是五四运动以前的事，这与他幼小时节就于夏夜的月下，冬令的炉旁，经常听《西游记》《封神演义》以及《聊斋志异》等书的故事，以及十岁左右就耽读这类小说是有关的。一些美丽奇异的故事，如《珊瑚》《婴宁》《凤仙》《胭脂》等，曾深深引动着他的感情。甚至第二次革命那年，他试着写了章回小说《剑花痕》，这说明引他走上创作道路的，是民族的传统的文艺。自然，逐渐地也接触了当时颇为流行的林译小说。中学时期，除了《小说月报》《妇女杂志》，更接触了《新青年》，这就引起他读新书，创作新文艺，把旧文艺、旧书和那些书中反映的旧思想逐渐丢掉。这时他已到北京读大学，他读的是外国文学系，这对他汲取外国文学的滋养给了很大的方便。因此他以后翻译了不少欧美的诗文。

新文学运动开始的时期也正是西方各种思想传入我国的时候。《新青年》提倡科学和民主，达尔文的进化论，易卜生的问题剧在国内流行了。五四新文化运动唤醒了全国的青年学生，沐浴在欧风美雨中，力求改变生活的现状。要求个性解放，政治民主，婚姻自主。在人生观、宇宙观上，遇上了许多难以解决的问题，不少人追求人生的目的与价值，在文艺上则问题小说流行起来。文学研究会作家群中，我们的诗人及谢冰心、叶圣陶、黄卢隐等，在开始的时候都是问题小说作家，尽管对于人生的看法不完全相同。谢冰心在《斯人独憔悴》《超人》等短篇中，很明显地是在探索"人生究竟是什么"，支配人生的是"爱"还是"憎"。她的回答是世界上的人"都是互相牵连，不是互相遗弃的"。黄卢隐的《一封信》《丽石的日记》，同样提出了"人生是什么"的问题。在《海滨故人》中，几乎所有的人物都在追求"人生的意义"。然而这些热情耽于空想的青年，不是负荷着几千年封建传统思想瞻前顾后，就是只在苦闷彷徨无所适从。诗人回答这个问题是强调了"美"和"爱"的作用，而又认为两者是一致的，是"交相融而交相成"的。在《微笑》中，他歌颂了"爱"与"美"可以改变人生的伟大力量。一个年轻的小偷在牢房里于无意中得到了一个女犯人的微笑，这微笑是广博的爱人类一切的慈祥的微笑。于是这青年被这"微笑"超度了，在他刑满出狱后变成为一个勤苦的工人。《沉思》则说明了"普遍于地球"的"烦闷混扰"的人类所以未能得以"乐其生"而"得正当之归宿"的原因。也可说它是从反面说明了作者这个"理想"。自然，这不能说这是这时期他的思想的全部，他一九二二年已写了《湖畔儿语》，一九二三年已写了《生与死的一行列》。不仅他的诗歌、散文这时期所反映的并不全是这种思想，更直接反映他思想感情全貌的，应该说是他这时期写的许许多多的论文和杂感，从这里反映出的是他对社会改革、女子解放、婚姻自主等问题都是颇为关心的，都表现了他的观点和理想。他的观点和理想并不完全像那两篇作品所反映的那末天真和单纯。

这种人生的美丽的理想，若说诗人曾有过的话，实际在他创作历程中的存在是为时极为短暂的，具体地说仅是他的《春雨之夜》的时代罢了。更确切地说，仅是《春雨之夜》的前期罢了。到他于一九三一年结集一九二三、一九二四年的几篇小说，名为《霜痕》时，在序言中已表明这美丽的理想早已破灭了，而且感到了"十年前后的作品不但是无力量而且只看到人生一面"。"那时青年多构成一个空洞而美丽的希望寄存在未来的乐园之中，然现实的剧变将大家的梦境打破了。除却作生的挣扎外一切空虚中的花与光似都消没于黑暗中去。"这里的"花"与"光"，也可以理解为他初期说的"美"与"爱"，但打破梦境的应该说不是"现实的剧变"，那时现实还没有"剧变"，而是他的认识不同了。从理想渐渐走到了现实。

"花与光的追求却使他们战栗了。""一个人跳不出苦闷的生之'法网'。""希望止是空虚中的烛光。"一句话，从理想走向了现实，认识到人生的另一面了。其实，以前认识的那一面也并没认为真的达到了"爱"与

"美""交相融而交相成"的程度，更从未显示出其"改变人生的伟大力量"。"微笑"似乎在人生中发挥了它的作用了，然而这微笑的来源，那个"爱"与"美"的化身，美丽的女犯人，却是"终身监禁"，这象征地说明了"爱"与"美"的化身还没有"自由"，那人生的"爱"与"美"的境界自然就难以实现了。这说明从梦幻走向现实虽是一种改变，但也并不是全然相反的改变。自然，改变到底还是改变了，"虚空的薪求打破了不少"，"也不全是轻清的叹息与虚渺的惆怅了"。"沉重的生活的威迫"成了经常的负担，于是作品中流露出"辛涩的味道"，"渐渐地觉得写作是令人苦闷的事了"。这时作者感伤的气分增多了，但诗人的热情是仍然保持的，正如他自己在《号声》自序中所说的，"我写那些文字的期间，自己的心绪沉郁苦闷也为前此所未有，没有夸大与虚浮的Sentimental在内，这是我敢于自白的。与民国十年左右的空想的作品相比虽然是感伤，我却已经切实地尝试到人间的苦味了"。诗人曾说，他的性格，"有时冷极，也有时热极"，这正是一般诗人常具的性格，当他"痛苦像一把铁铗，把心灵铗起来"时，于是作品成了他"自己在悒郁愁苦中的心声"。虽然这样，作者本人还是宁是喜欢那带有辛涩的略为后期的文字，所以在生前自选《王统照诗选》时，第一本诗集《童心》一篇也未收入。《王统照短篇小说选集》中虽也选入了早期的几篇，但为数是很少的。他自己曾说，"能使自己读过而微觉恋恋，或如有所失的，还是那个时期中写我自己的生活与感受的几篇文字"。

诗人是时代的产物，诗作更是时代的产物，诗人热爱生活，忠于现实，这就使他无法不离开虚玄的美丽的"花"与"光"，而走入现实的生活，尽管现实的生活是使人颤栗的，是污秽和使人痛苦的。能说这不正是诗人的可贵处么？

我常想，设若诗人走的道路不是像他已走的这样，而是像《雪后》《沉思》《微笑》那类小说长期继续写下去，像《花影》《小的伴侣》《盆中的蒲花》那样的小诗长期继续吟下去，那在他的著作中不仅所反映的内容不会像现有的那样，他的风格也必然完全不同。我们试读《小的伴侣》：

　　瓶中的紫藤，

　　落了一茶杯的花片。

有个人病了，

只有个蜂儿在窗前伴他。

虽是香散了，花也落了，

但这才是小的伴侣啊！

有人说，新诗应当"有感情，有想象，有美之形式，蜕化诗之沉着处，词之空灵处，曲之委婉处"。又有人说，诗贵有诗情画意。这些话都有道理，道理就在说出诗应与散文不同。新诗产量很多，但使人铭记不忘的则不那末多了。开始给人印象较深的是周作人的《小河》、沈尹默的《三弦》，和这差不多同时盛行过一阵哲理的小诗。这类的诗作，在我们诗人的诗集中都可找到，上边引的《小的伴侣》及同样《童心》中的《虚伪》《蛛丝》等可作代表。可是诗人并没沿着这样的道路走下去。这主要由于诗人着重的是追踪时代的脚步，血与火的时代是和轻清纤巧的内容风格难以调和的。诗人愈拥抱生活，愈拥抱现实，自然地随着反映的内容的不同，诗人的风格也愈来愈苦涩、凝炼和浓重了。

三

倘我们随着诗人的足迹走去，在小说中从《霜痕》开始，在诗集中从《这时代》第二辑开始，使我们大为吃惊的是，诗人反映的生活是逐渐丰富多采了。从他的生活经历看，是不可能这么深，这么广的。他的家庭出身，他的生活经历，没有限制他接触面的广阔，几乎各个行业各个阶层，他都注意到了，社会的各个角落，他都观察到了。这在一般人是难能的。而在形式和体裁的多样化上，诗歌更胜于小说，我读后给我的最深刻的印象是，比我预料的得到了更多的艺术收获。不少人感到诗人的文字不是那么一清如水，容易上口，我最初也有这样的感觉，仔细读了进去，我享受到了凝炼与浓郁的美，有些诗篇以至爱不释手了。诗人的文学语言，很相似他的生活语言，保留了家乡的方言土语，甚而某些语句的结构形式也不例外。在上海那一段时间的创作，他采用了一些上海的方言。方言土语有助于反映乡土气息，人民大众创造的方言土语，有的是极为生动、明快、活泼并形象化的，是一般书面语言所难以相比的。世界上不乏以人民大众的口头语言丰富了书面语的先例，普希金就是以经过选择提炼的生动活泼的俄罗斯口头语言丰富了俄罗斯的文学语言。在这个问题上，选择和提炼的工作是不可少的。诗人对这方面的工作是做得还不够的，这一点到后期，他自己也感觉到了，从愈到后来，他作品中的方言土语就愈减少，就足以说明这一点了。三十年代初期写的《山雨》，方言土语就减少了，三十年代中期以至上海孤岛时期，他的作品又间或使用了一些上海方言，但数量是不多的。

　　如上所述，是当诗人意识到"人生的尖刺愈来愈觉得锋利，对解决社会困难的希求也愈来愈加迫切"，他不再从"理想中祈求慰安"了。时间愈后，他视野就愈为扩大了，更向现实生活进行深入的分析。"对腐朽与不合理的一切，除冷讽外加以抨击"，一九三一年"九一八"事变，开始更为巨大的国内和国际形势的变化，像诗人说的"我国整个的旧社会在外侮内迫之下已到了'土崩瓦解'的程度"，于是诗人的精神倾入到他生于斯长于斯的北方的崩溃的农村生活中了，是这样血肉模糊、纠纷困苦的时代的农村生活。尽管是主动的倾心于崩溃的农村，血肉模糊的农村骇人的现实仍使他战栗而痴呆了，"越是触感多越写不出，不能爬梳的心绪，不容易衬托出的时代的剧动……这真是一种深重的苦闷！能够哭，能够喊叫，能狂唱，大笑，甚至于能以说几句俏皮话，或者是无次序地乱吵，一个人的苦闷还倒有所舒发……至少他的精神上可得到暂时的快慰"。"我自信经过了不少现实的时代苦痛，才写成这几首力量薄弱的诗。"诗人说，这时他的作品是"十年间沈郁、苦闷"的宣泄，自然，内容和风格都有所转变，不同于前此的作品了。这时期的诗歌当以《夜行集》等，小说以《山雨》《号声》等，散文以《北国之春》《欧游散记》等为标志了。

《山雨》是诗人的力作，也是中国现代文学史中较为坚实的现实主义长篇小说代表作之一。作者在《跋》中说，他是写了"北方农村崩溃的几种原因和现象，以及农民的自觉"。那时，是《子夜》出版半年以后，也是风靡一时血与火，革命与恋爱的蒋光赤的小说的时代过去不久，这样的一部反映北方农村崩溃的小说的出现，它并没有反映当时大家最关心最注目的问题，很难称为革命文学。从形式到内容，正像它所反映的农民，是那样质朴无华，在当时没有引起更多的人的重视，没曾给它以与它内容和技巧相称的评价，是可以理解的。然而，敌人是敏感的，国民党反动派深深地感觉到这个平日忠诚淳朴的作家，对他们是个危险人物了。因为他竟给他们敲起了丧钟，他明明是在说国民党的天下已到了"山雨欲来风满楼"的时节，山雨，自然是革命的大风暴了。这就使《山雨》出版不久就被禁售，而作者就上了黑名单。我们当还记得，自一九三一年左联五作家被杀害后，白色恐怖更浓重了，此后的几年中，接着发生的是大批书籍、杂志被查封，大批革命和进步青年被逮捕。特务、暴徒到处横行：艺华影片公司被"电影铲共同志会"捣毁；神州国光社被铁锤打碎橱窗，捣毁什物；良友图书公司被打碎玻璃。连外国人伊罗生编辑的《中国论坛报》的印刷所勒佛尔印刷所，也被暴徒捣毁。诗人看了当时的情势，考虑到自己处境的危险，匆匆出国前去欧洲。

　　《山雨》以外，这个时期创作的一些短篇可以说同样地给我们展现了一幅旧中国血肉模糊的画卷。《沉船》写出了一群衣服褴褛的农民"长守着的故乡中，从兵火、盗贼、重量的地租、赋税与天灾中带出来，……同他们的儿女、兄弟、伙伴们，要乘着命运的船在黑暗中更到远远的陌生的去处"。然而，"那外船真看得中国人比狗还贱！那末小，那末小的船只载上四五百名的搭客"，又加以遇了风浪，于是船沉了，几百口子乘客遇难了。另一方面，诗人也有力地讽刺和抨击了荒淫与无耻。这些也正是旧社会土崩瓦解的前夕和农村崩溃的产物。如《鬼影》中的杨老官、西崽头，《司令》中的招兵司令，《银龙的翻身》中的小开等。而《游离》中的青年志刚，有正义感的退役军官站长，不但气都喘不出来，且被他们接连着活活地捉走，余下的苟活着的站长，终日叹息，不能睡觉，眼角青青的带着清瘦病容，以打发岁月。的确，社会已到了民不聊生的程度，那又怎会不土匪如毛，红枪会遍地！《隔绝阳曦》从侧面写了一个土匪的故事；《刀柄》从正面描写一个红枪会成员死在自己锋利无比的大刀下的悲剧。

我们再翻阅他这一时期的诗篇。他的声音同前一阶段不同了，诗人的心灵更深地体味着痛苦的人生，为水深火热的人民在叫苦在呐喊，为灾难重重的祖国在焦心。自然，这呼号和控诉中还杂有悲伤的喟叹。在这方面也许是《这时代》是最适于提到的一首：

这时代，火与血烧洗着城市与乡村的尸骸。

古旧的树木被砍作柴薪再不能夭矫作态。

金属弹的飞声，长久、长久征服了安静的

田园，

沈落在洪流中，波澜壮阔，融合着起伏的

憎，爱。

铁蹄践踏下，疫疠，饥饿，战，决定的命

运"活该"？

如涂蜜的温言，与饱了肚皮的伪善，抛弃在

不值钱的尘埃；尘埃下掩没了褴褛的衣衫，

包藏着战败者的骨灰在过去的足迹下长埋。

这是全诗四节中的前二节，仅仅两节，可说已够了。诗人于一九三一年夏，从东北返回，于归途中曾作过十几首旧体诗，《东北纪行》中有一首：

日日催行役，艰难念此时。

途迷往日迹，文悔少年知。

救国愁乏术，抒辞意亦疲。

低头重自省，惆怅鬓边丝！

如诗人自己说的，"眼见东北的城市、原野、森林、山河，都在敌人的铁骑下践踏着，漠漠风沙，惴惴心情，交合成一支悲哀的曲子，归途中有无限的触感"。这时，诗人还是充满了苦闷和彷徨，这也是当时不少的关心民族和国家前途的人，感觉到无路可走，或者已认识了出路，而信心又不足的绝大部分人的共同心情。

四

"读万卷书，行万里路。"一九三四年诗人的欧洲之行，扩大了眼界，增进了学殖。自然，思想开扩了，风格由凝炼趋向于豪放了。我们不应忘记，诗人是怀着一种什么心情踏上去欧洲的邮船的，我们也牢牢地记得，诗人心中是永在惦记着他血肉模糊的祖国。我们读《三月十九夜》，便理解这位旅中诗人的心情了：

繁星玄海荡空明，一线沧溟纪旅程。

海外风云萦客梦，域中锋镝苦苍生。

低吟恐搅蛟龙睡，微感能无儿女情？

独立船头思渺渺，夜深惟见乱云横。

名为旅游、访问、考察，然而诗人的心情是复杂的，是痛苦的。当他倦游回国，踏上祖国海岸后，疮痍满目的大地似在苏醒了。他静静地注视着，救国会，人民阵线，人们谈论的更多了起来，国防文学，人民革命战争的大众文学，热烈地讨论起来。"一二·九"学生运动起来了，从北方的文化城，蔓延到全国各地，各个县城，农村，双一二事件发生了，文艺界共同御侮宣言发表了。这一切标志着，中华民族觉醒了。"抗日有罪"的、令人窒息、令人愤懑的罪恶的法条，被伟大的人民的力量冲破了。诗人的热血沸腾了，这就是使他的风格从深沉、凝炼趋向豪放、明快的原因。如多年阻塞的喷泉，今朝得以喷发了：

难道不是新生的原始吗？
他潜藏着生机萌发的将来！

诗人是多末耻于那种：

忽一声夜炮远响于东北大野，
一片降幡挂起了古国的颜面。

他又是多末殷切地盼望那一日到来：

> 大家盼望真有一日，黎明，
> 改换过几重奴隶的生活。

　　这以后的诗篇，从《夜行集》《横吹集》到《江南曲》，甚至连建国后的《鹊华小集》的旧体诗，都属于这种风格了，不过主题有所不同罢了。在苦难的时代里，大声疾呼，号召全国人民奋起，反对帝国主义的侵略，要求民族的自由和解放，到全国获得解放，他就以全部的热情歌颂新中国的成立，歌颂新社会的建设了。

　　说诗人这时的风格趋于豪放、明快，是和前期比较而言的，只是说有了这种倾向罢了。主要的还是保持了他凝炼浓郁的风格。他的为人是淳朴、热情、谨严、谦虚，这是他贯彻一生的性格，作为诗文的风格，是谨严的，也富有感情的，凝炼是它主要的特点，浓郁也是它主要的特点，若说它淳朴则只是一个侧面，对形式，诗人是多方追求的；对文字，诗人可说是位苦吟诗人了。这就是他的独特风格，人的性格与艺术的风格是完全一致的。

他后期的小说和他的诗篇有共同的特点，到他多年积愤得到宣泄，自然澎湃激昂势如奔腾的河海。在这里应该提到的是他继《山雨》以后的长篇《春华秋实》，一九三五年秋在《文学》第五卷开始连载时，题为《秋实》，连载了六期，作为上部。在良友图书出版公司出版时改名《春花》，拟下部名为《秋实》，但下部我们一直未曾见到。《春花》是写距离故都北京十二小时火车路程的一个省城的，五四以后一年多，五四运动中产生的黎明学会的一群青年的分化。这一群青年曾卷在五四运动的大潮中浮游，但运动过去以后，也像全国一般情形那样，有的高升，有的退隐，自然也有的在继续前进。《春花》中的人物，有当时的激进分子老佟，有徒尚空言的工业学生巽甫，有初而学生运动的热烈参加者，继而消极退婴，到古庙中削发为僧的坚石，还有文艺青年义修。这个小说在写法上的特点是受当时苏联文学的影响，采取不集中描写某个人物，而是努力刻画出了几个人物，大时代的一个群体。诗人是五四运动的参加者，对时代的感觉是锐敏的，他曾想写一部反映五四运动的长篇，特别是在他晚年的时候，他这愿望更迫切了，可惜由于他身体的病弱和工作的繁忙，终于未曾写了出来。实际上，《春花》这部长篇就是在反映五四后知识分子的分化，时代的新旧的矛盾和冲突，在上部的末后写到了同盟会分子园荷邀约巽甫去到一个遥远的国度观光，主要的是为了预测革命的形势以及"民党"革命运动的前途。至今还无法判定诗人拟写的反映五四知识分子的长篇，是这篇的下部呢，还是不同于这一部的另外一部，无论怎样说，这部长篇没有写出，是我们现代文学史中的一个损失。亲身参加五四运动的文艺界的老人，虽然现在还存在几位，但都已八十以上，且身体情况也难以写长篇了。这遂成了我们文学史上无法弥补的损失。

《春花》以后，诗人还写有一个长篇，名为《双清》，那是上海作为孤岛沦陷后在《万象》上连载的。共有二十章，署名鸿蒙，也可说只完成了上部。在诗人的存稿中有这同一篇的剪报十章，并经作者亲手校订。题名为《热流》，署名提西。在题下有两行小字："小说中虚构的时间，约自十六年春至廿年之秋。"反映的地点和前一个长篇相同。就时间讲，这正是国民党反叛革命后，军事"围剿"和反"围剿"的十年内战的前半期。小说写了一个"命薄如纸，心比天高"，处境坎坷，情操清高有如茶花女那样品质的沦落在卖笑生涯中的姑娘笑倩。她的地位是旧社会最卑贱、低微，作为别人的"玩物"的地位，和茶花女相似她却具有比当时所谓上等人，武将、文官或阔老们，无法比拟的高贵的品质和善良的心。由于她的美丽、聪明、机警，在姊妹中成了最红的红姑娘，这就使她比一般的姊妹具有她们没有的权利和方便。借这权利和方便在戒严的深夜里她收留了无法回到住处的地下工作人员。北伐军接着到达了济南，笑倩借她一位姊妹的关系，避到了运河支流的一个村庄中，一个武场失意文场失意变为山林隐士的高老先生家中，半年多遇上马匪刘黑七流窜，她又和老先生的儿媳避到七十里外永宁城的婴儿堂中。这是诗人在另一种艰苦的环境中的作品，他不得不放下目前的问题而追怀过去，既便写过去也不得不使用一些比喻、象征的手法。在这个长篇中诗人加入了或多或少的罗漫蒂克的气氛，然而它仍如实地反映了这个省那一历史阶段的史实，可惜的是这部诗史未能完成。

　　和这部诗史同时产生的还有《华亭鹤》《繁辞集》等。

五

建国后诗人负责省的文化局行政工作、省文联主席，仍不断地写作，辑印了讴歌社会主义社会的《鹊华小集》，是热情迸发，放声歌唱的强音。印了文论集《炉边文谈》，颇有独到的见解。在风格上可仍保持了他的谨严、凝炼。就在这两本书出版的那年的初冬，诗人仅仅以六十岁的寿命即离开了他讴歌的社会。在萧萧的寒风中，我从诗人墓地的回途中，许久许久，心中浮起的是他的音容笑貌，是他的遗风余韵，他性格是那末淳朴、谦虚和诚挚，他文章的风格是那末谨严、凝炼和浓郁，文如其人。做为一位长者，他是多末令人钦敬，多末令人怀念啊！作为一位诗人，四十年的勤奋的探索和追求，是多末令人感奋啊！

岁月如流，如今是五四运动的六十一周年，是诗人逝世的二十三周年了。今天重新整理他的文集，对于他未完成的两个长篇，对于他未能来得及写的五四的知识分子的长篇，就更感到是憾事了。倘若他现在仍健在——这是完全可能的，而那两个未完的长篇，都已写完，那计划中的长篇也已写完，那该多末好啊！可是，现在只是一个空想了！只有希望后来者弥补中国现代文学史上这个缺陷罢！但愿这个希望不再落空。

一九八〇年三月十四日夜

目　录

雪　后

北京附近有个村庄，离铁道不远。十二月某日下了一天的雪，到下午才止住。第二天天色虽还没明，全镇的房舍、树木，在白色积雪中映着，破晓的时候格外清显。

晨鸡喔喔地啼了几声，接连着引起了镇里的犬吠。正在这时，村庄的前面，忽然起了一个沉重响亮的声音，接着就是枪声、马蹄践在雪上的声、呼喊的声，还夹杂着一些细小声响。这等声响约停了二十分钟，又复大作起来。立时引起了村中最东一家人家的一个小孩子在破絮被里颤栗的感觉。

破茅屋中，被雪光映着，靠北墙一张床上躺着一个三十多岁的女人，身旁有个五六岁的男孩子。他们盖着薄薄絮被，冷风从沉黑的窗中穿进，使他们几乎不敢露出头来。

重大可惊的声响，从冷厉空气里传到他们的耳膜来。那个妇人也早已醒了，然而她的心，正悬在辽远的地方，和不可思议的事上去，没说话。小孩子正盼着天明，好继续游戏。他也不怕冷，时时爬起来，瞧瞧窗户，只见很白亮的，却也不知天明没有。看看母亲，正睡的熟，不过看她的头发，时时有些松动，又听着从她喉里，发出一种轻细像是哭的微声来；和平日抱着他，在她膝上，看一封信时发出来的声息一样。他是个聪明胆大的孩子，在这深夜破晓时，他这种联想在他幼稚的心中，同电光闪动的一般快。即时，他又起来望望窗上的白色。他忽有不敢确定的思想："这白色的雪吗？雪是白的，怎么又化成污泥在河沟里流着？"他这种推理是片段的，然而他幼稚的心中有这一念，却陡然觉得皮肤上也有些冷意。这时村前的响声正砰砰拍拍大作起来，他不知怎的一回事，但是觉得耳朵里几乎装不下了。他虽没听过这种声响，又不知是什么声响，因为他自下生以后，所听见的鸡鸣声、簸谷声、春鸟的歌声、田圃里的桔槔放水声，母亲拍着他睡唱儿歌的声，这些声都是他很注意的，再大一点而可怕的声响，就是村中的群狗互相打架的声了。至于这雪后的早上忽有这种狂轰的大声响，他一向没曾听过。——因为他小的时候，村中也有这种声响，不过他不记得。——他小而冻破的手也有些颤动，似乎觉得窗隔一动一动地也将倒下来了，他于是带着被子，滚到母亲怀里道：

"什么？……什么？我的耳朵！……"

他母亲用枯瘦的手腕将他搂住道："不要怕……这是军队打野操的声响……"

"什么军队？……"他很疑惑地这样问。

"军队是肩着枪刀打仗的……"

"就和李文子拿的那个用纸糊的枪一样吗？……他说是他父亲给他买的……"

她却没即时回答他，这时窗外的炮声又作，她便含糊着道：

"不！……不！……"

他便不再问了，害怕的心也减去了一些，但是在他母亲怀里很注意地听那忽轻忽骤断续的声响。她一手搂着这个可怜的孩子，一手把披下来的乱发慢慢拢上额角。室中已甚明亮，然而却觉得越发沉静，风声吹着落在地上的雷花，沙沙地打在纸窗上响。半晌，那孩子忽然问道：

"母亲……我父亲……你说也有枪，他现在哪里？也在黑夜里作这种事吗？……"

她听他这句幼小而痴想的话，却没的什么说，只是从眼角里流下了一颗泪珠，滴在孩子的短发上。

天明了，村前的声响也停止了。冬晨的空气非常清冷，似乎也从长眠中醒悟过来一般，而村中的人都拿这早上的事作谈料。

村前，雪后的一片田野里，白茫茫的雪光，有许多凌乱杂沓、泥土交融的痕迹。田野旁一条小河，也全结了冰。惨淡的日光映在冰上，也不见得有些融化。北风奇冷，吹着树枝上的雪堕落在河冰上，发出轻清的声响。一望无际的雪，地上不见有一个行人。

独有在被中惊怕的孩子，这时他却不怕冷，远远地领了四五个小伙伴，冒着咽人的寒风，从镇中跑出。他在这四五个同伴里是较小一些，然而还有比他小的一个女孩子，戴着一顶绿绒花结帽，也在后边跟着他跑。

他像首领似的，要表示他的功绩，脸上虽是冻得发了紫，他却是一边跑着，一边鼓起勇气，和他那些小同伴断断续续地说道："宝云……和妞姐儿……你们看看我昨儿用雪盖的小楼啊！……我和吴妹妹盖的……就在河边上……就在河边上，管许你们一瞧就乐了……走！

走！……看小楼去……"他不等说完就跑到河边，那些小孩子也咭咭呱呱地随在他身后乱说。

河岸很平正，昨夜的风虽冷冽，可也不大。他与他的吴妹妹，费了一下晚工夫，盖成的一座小楼，两边用雪块堆好，明明在河岸上。他们因那游戏的工作，连小手都冻破了。他自己昨晚回家，同母亲说了半天，恨不能即刻天亮，好去领那些小伙伴，夸示他们特殊的本事。所以早上在母亲怀中，虽听了奇怪的声响，和看见母亲的泪痕，但他不知是什么事，也早忘了。这回只是急急去找他那在雪后的小建筑物。

可是，河水仍然全冻着，树枝堕雪仍然时时掉在冰上，一望无际的田野里，仍然是白光幻耀，但他沿着河岸，跑来跑去，就是没有了他与他的吴妹妹昨晚很辛苦用雪堆成的小楼。河岸上只有纵横的马蹄和无数皮靴的痕迹，就是昨天晚上很平的雪地上，也忽地扫去一道，堆起一片，完全不是昨天那个样子。

他急得乱说也说不清楚，别的孩子，也看得呆了！那个戴绿绒花结帽的小姑娘，却眼包着幼稚而可怜的泪痕道："瞧咧！……没有了！谁给我们毁坏了！……你们瞧我的手咧……"她伸出小手来给这些孩子看，白而嫩的皮肤上已红了几块，且肿得裂破了。

他这次失败，便给他娇嫩的童心里添了层重大的打击，仿佛比着成年人的失恋还厉害。他说不出地难过！别的孩子虽也不说什么，只是愣愣地向他看。他觉得他们眼光中所含的意思，是疑他诳骗他们，不禁叫道："变了……变了……什么都变了！地也高了……低了……这是些什么怪物的脚迹，可将白雪弄脏了？……变了！……我那用雪盖的小楼也被怪物吃去了！……"有个很瘦弱的男孩子道："变……变！你们没听见今儿早上那些声响？……我吓死了！……怪物的声……把你的东西吃去了！你看这雪地上不是变了吗？"这个孩子仿佛觉得自己所见高出于他们以上，然而说到这里也有些气促色变。他和同来的小伙伴都有些惊惶害怕的样子。看看河水、地上的痕迹，都不说一句话，静悄悄地从雪道上回村里去。而那位小姑娘，一会看看自己的小手，口里还咕哝着道："我的呢？……谁毁坏了？……"她跟在一群小孩子后面时时回头，从包着泪的眼光中望望河岸的残雪。她头上的花结，也被风吹着飘飘地微动。

一九二〇年十一月

沉　思

　　韩叔云坐在他的画室里，正向西面宽大的玻璃窗子深沉地凝望。他有三十二三岁的年纪，是个壮年的画家。他住在这间屋子里，在最近三四年所出的作品有几种很博得社会上良好的批评，但他总不以自己的艺术品能满足他的天才的发挥；所以在最近期中，想画一幅极有艺术价值而可表现人生真美的绘画，送到绘画展览会想博得一个最大的荣誉。他想：她已经应允来作我这绘画的模型——裸体的模型——这是再好不过的事。在现代的女子中，她虽是女优，却有这种精神，情愿将她的肌体一一呈露到我的笔尖上，以我的画才表现出来。这才是真正的曲线美哩。哦！这是我一生最得意的艺术表现！她美丽而温和，即使能把她那一对大而黑的眼睛画出，也足使我们绘画界的作家都搁笔了。

　　他作这种想法非常愉快，是真洁的愉快，是艺术家艺术冲动的愉快。

这时正当春暮，他穿了一身灰色的呢洋服，加一朵紫色绫花的领结，衬着雪白领子。他满脸上现出了无限欣喜的情绪。窗外的日影已经慢慢地移过了对面一所花园中的楼顶，金色兼着虹彩的落日余光，反射着天上一群白肚青翼的鸽子，一闪一闪的光线耀人眼光。这群鸽子飞翔空中，鸣叫的声音也同发挥自然的美惠一样。

画室里充满了和静，深沉而安定的空气。韩叔云据在一张新式的斜面画案上，很精细地一笔一笔在描他对面的那个裸体美人的轮廓。他把前天那种喜乐都收藏在心里，这时拿出他全付的艺术天才，对于这个活动的裸体模型作周到细密的观察。琼逸女士，斜坐在西窗下一个垫了绣袱的沙发上，右手托住沙发的靠背，抚着自己的额角。一头柔润细腻的头发自然蓬松着，不十分齐整。她那白润中显出微红的皮肤色素，和那双一见能感人极深的眼睛，与耳轮的外廓——半掩在发中——都表现出难以形容的美丽。腰间斜拖着极明极薄的茜色轻纱，半堆在沙发上，半拖在地上的绒毯上面。在那如波纹的细纱中，浮显出琢玉似的身体与纱的颜色相映。下面赤着双足，却非常平整、洁净，与云母石刻成的一样。她的态度自然安闲，更显出她不深思而深思的表情来。玻璃窗子虽被罗纹的白幕遮住，而净淡的日光线射到她的肉体上，越发有一种令人生出十分肃静的光景。

这时两个人都没一点声音，满室里充满了艺术的意味，与自然幽静的香味——是几上一瓶芍药花香和她的肉体上发散的香味。这位画家的灵魂沉浸在这香味里了。

两点半钟已过，忽有一种声浪从窗外传来。韩叔云向来不许有别人的声音打扰他的作画，现在正画的出神，正在画意上用功夫，竭力想发挥他的艺术天才，对着这个人身美心中却也怦怦地乱跃。他一笔一笔地画下去；他的思想，也一起一落，不知如何，总是不能安静。不意这叩门的声浪忽来惊破他的思潮。且是一连几次的门铃，扯得非常的响。他怒极了！再也不能画了，丢下笔，跑出画室。走到门口的时候，无意中回头来看看琼逸，她仍是手抚着额角，一毫不动，而洁白手腕上的皮肤里的青脉管，显得非常清楚。

大门开了，他一看来的人像是个新闻记者，又像是个教书的青年，戴一顶讲究的薄绒帽，这却拿在手里扇风。天气并不很暖，他头上偏有几个汗珠。他的脸色在苍白色中现出原是活泼秀美的神情。这时见门开了，不等韩叔云说一句话，便踏进门来道：

"密斯脱韩……是你吗？"

韩叔云也摸不清头脑，本来一团怒气，更加上些疑惑，匆忙里道：

"是呀，我是……但……"

"好……画室在哪里？……哼……大画师！……"话还没说完，便要往里跑；叔云截上一步道："少年……你是谁？为什么这样？……"

"我呀……是《日日新闻》的记者……琼逸女士，在这里吗？……"

他说时用精锐的眼光注射着叔云。叔云明白了他是什么人，更不由非常生气，把住少年的臂膀，想拉着他出去。正在这时，琼逸女士披着茜纱的长帔，把画室的西窗开放，叫出惊促的声音道：

"我以为是谁，还是你……你呀！请密斯脱韩让他到屋里坐吧。"

叔云抱了一腔子怒气，方要向着这个少年发泄，不料琼逸却从窗里说出这个话，竟要将他让到自己的画室里去。他简直手指都发抖了。那个少年更不管他，便闯进了画室。叔云也脸红气促，跟了进来。

琼逸满脸欣喜，披着茜纱长帔，两只润丽的眼睛，含了无限的乐意。待到青年进来后，便用双手握住了他的两臂。但青年看看屋里的画具，和她这种披着轻纱的裸体，觉得他所听的话，是没什么疑惑了！他脸上也发了一阵微红，即刻变成郁怒的样子，一句话也不说，只是反抓住她的手向叔云看。叔云此时，心里的艺术性已经消失无余了，从心灵中冒出热情的火焰来，面上火也似的热，觉得有些把持不定，恨不得将青年即时打死。自己也知道这话不能说出，便用力地坐在一把软椅上，用力过猛，几将弹簧坐陷。琼逸握住青年的手，觉得其冷如冰，也很奇怪。

青年对她除了极冷冷的不自然的微笑外，更不说别的话。把乍叩门时那种怒气又消失了，变成一种忧郁懊丧的面色。她后来几乎落下泪来。不多时穿好衣服，也不顾和叔云辞别，并着青年的肩膀走了出去。

叔云不能说一句话，眼睁睁望着她的影子，随了青年走去！白色丝裙的摆纹摇动，也似乎嘲笑他的失意一般。看她对待青年那种亲密态度，恨不能立刻便同他决斗。不知怎的，他原来的艺术性完全消失了！他忘了她来作裸体模型的钟点是过了，他似是仍然看见她的充实、美满、如云石琢成的身子还斜欹在那个沙发上。他恨极了，身上都觉得颤动，勉强立起身来，走到沙发边，却有一种芬香甜静的气味，触到了他的嗅觉。

她同青年出了韩画师的大门，她满心里不知怎样难过，不是靠近青年便站不住了。但青年却板起冷酷苍白的面目对她，有时向她脸上用力看一看。两个人都不言语。

转过了两条街角，忽听得吱吱的声响，一辆华丽摩托车从对面疾驰过来。车上就只有一个司机，却是穿着礼服，带着徽章，高高的礼帽压住浓厚的眉心，蕴了满脸的怒气。是个五十多岁的官吏。看他那个样子，似乎方从哪里宴会来的。但是当他的摩托车走的时候，琼逸的眼光非常尖利，从沙土飞扬中看见车上这个人，不禁吃了一惊！而且这辆车去的路线，正是他们从韩叔云家来的路线。这时被种种感觉渗到心头上，自己疑惑起来，不知为什么一天之中遇了这些奇怪的事情。

不多时，这辆车已经停在韩画师的门首了。这个五十多岁的人，穿了时髦华贵的大礼服，挺起胸脯，手里提着一根分量重的手杖，用力向着髹漆的极精致的门上乱敲。——他忘了扯门铃——相隔不到一点钟的工夫，韩叔云这个门首，受了这两次敲声。这种声音，直把画师的心潮激乱了，一层层的怒涛冲荡，也把他的心打碎，变成狂人了！

五十多岁的官吏和韩叔云对立在门首——因为他再不能让人到他室中去——这位官吏拿出一副骄贵傲慢的眼光注定叔云似怒似狂的面孔。他从狡猾的眼角里露出十二分瞧不起这位画师的态度。叔云对这个来人更加愤怒。两个人没说了两句话，就各人喊出难听而暴厉的声音。叔云两手用力叉着腰道：

"恶徒！……万恶的官吏！你有权力吗？……哼……来站脏了我的门口！"

"呵呵！简直是个流氓，是个高等骗人的流氓！你骗了社会上多少金钱、虚誉还不算，又要借着画什么裸体不裸体的画来骗那个女子！我和你说，……"

这时这个官吏眼睛已经斜楞了，说到末后一个字，现出极坚决的态度。

"……什么？……"

"骗人的人！……往后不准你再引她入你的画室……哼！……你敢不照我的话办理……你听见吗？……她是我的！……"

狡猾的官吏话还没完，陡觉得脸上一响，眼前便发了一阵黑。原来韩叔云这时，他那一向温和幽静的艺术性质完全消失，直是成了狂人。听了这个官吏的话再也忍不住，便抓住他的衣领，给他脸上打了沉重有力的一掌。

于是两个人便在门首石阶上抓扭起来，手杖丢了，折断了，不知谁的金钮扣用脚踏坏了，各人很整齐光洁的头发纷乱了，韩叔云的紫绫花领结，也撕破了。他们——官吏和画家的庄严安闲的态度，全没有了。他们是被心中的迷妄的狂热燃烧着全身了！

春末的晚风已无些冷意，只挟着了一些花香气味，阵阵的吹到湖中的绿波上。天气微阴，一片一片暗云遮住蔚蓝的天色，有时从云影里露出些霞光来。映在湖滨的柳叶子上，更发出一种鲜嫩的微光，反射到平镜似的湖水上。风声微动，柳叶也随着沙沙作响。渐渐地四围罩了些暖雾，似有无穷的细小白点，与网目版上印的细点一样，将一片大地迷漫起来。这个城外的湖滨是风景最盛的地方，这时的一切风景笼在雾中，看不分明了。湖滨有个亭子，是预备游人息足的所在。琼逸一个人不知怎的却独自跑到这个亭子上来。

她怎么不到韩叔云画室里作裸体模型了？不到戏院里去扮演了？在这春日的黄昏，一个人儿跑出城外，在暖雾幕住的亭子里，独自沉思！

　　她穿了雅淡的衣服，脸上露出非常忧郁的面色。从前丰润的面貌已变成惨白，连眼圈也有些青色。她把握着自己的手像没点气力，只觉着周围的雾咧、水咧、风吹的柳叶声咧，和晚上归飞的乌鸦乱啼声都向她尽力的逼来，使她的心弦越发沉郁不扬！她在白雾的亭中，看着蒙蒙不清的湖光。她一面想：他和我几年的相知，平常对我很恳挚，很亲爱的，也没什么呀！我替人家作裸体画的模型并不是可耻的事，助成名家的艺术品，也没有别的关系啊。他知道的这样快，找到那里那样冷淡，看我像作了什么恶事，从此便和我同陌生的人一般，这是什么意思啊？……韩叔云却也奇怪得很，我的朋友找我，没有什么希奇，怎么便和人家抢去了他的画稿一样的愤怒？……我的灵魂却在我自己的身子里啊！……她想到这里，看看四围的雾气越发重了，毫无声息。她不觉又继续想道：那讨人嫌的狡猾官吏，听说后来和韩叔云还打了一场，被巡警劝开了。他来缠我，我只是不见他，他反在社会上给我散布些恶迹的谣言。现在我最爱的人不来了，不再爱我了！画师成了狂人，不再作他的艺术生活了！……奇怪？……到底我有我的自由啊！……世上的人怎么对于我这种人这么逼迫呢？

她想到这里，她的心像浸在冷水里一样抖颤。四围静寂，白雾渐渐消失了。从朦胧的云影里稍稍露出一丝的月光，射在幕着雾的湖水上。这阴黑的黄昏，却和她心中的沉思一般，但在云雾中还射出的一丝光明，在她心头上，只是闷沉沉的一片！

她沉思了多少时候，忽听得耳旁有一种呕……呕的声音，方由梦中醒悟过来。一阵微风吹过，抬头借着月光看去，原来是只白鸥从身旁飞过，没入淡雾的湖中去了。

一九二〇年十二月

鞭　痕

　　乡村中的九月，是个由热闹渐渐到了荒凉的转机。田陇旁时而堆下些零落的榆叶与柳叶，深黄色和老绿色的叶形，都沾上些干泥，在地上被风吹得旋转。人家的园圃里，晚期的扁豆，尚在苇子扎成的架子上，长着弯曲的蔓。有几个已经老了的豆荚，在米黄的团形叶子底下。枫树渐渐着了红的色彩，渲染在蔚蓝晴明的天与碧绿的溪流中，现出天然色彩的调和来。冷冷的秋风，吹动它们，与夕阳的金色光线相映着，越发美丽而眩耀。

　　这个乡村的后面，是连绵不断的小陵阜。赪色的石径，忽高忽下，老远的通向一条大道，是往木阿镇的大道。木阿镇是最近几百里的极繁华、极险要的地方。那里有医院、学校、工厂、市场，又靠近江口，时而有汽船载着客人货物到镇上去。而尤足以镇慑人们的，是在镇中有一所兵营。他们乡里人，常常听说有几千人在里边住着呢！所以这个乡村的出产品，什么食物咧，谷米咧，都送到木阿镇上去售卖。但由乡村去须越过几重的山岭，难走得很。有的说是六十里的路程，而须走一个整天，才能到达。

秋天来了，而乡村中的人家，却格外要忙碌起来。因为一面要将园圃和田野中的农产收拾好，一面又须计划冬日的储藏。什么该运到镇上卖去，而干的蔬菜，和制作的冬日的农家食物，又须赶着制好，预备一到飞雪的冷天，好同乡邻们，斟着家酿的暖酒，在茅檐下同他们的父母妻儿好安心去偿还一年的劳苦。所以这时他们正忙得很。广场子里都堆了些圆锥形的草堆子，田中有些农夫和妇女儿童还在那里割最后的稻子。每家用土筑成的墙外，探出几枝的柿子枝来，半红半青色的柿实，惹得赤着脚的小孩子，馋的流着涎汁乱跳。

乡村的房屋，很是历乱，绝没有整齐划一的形式。全村子中只有一所小小的二层楼，这是村中第一个富人刘家的住室。他怎么称得起第一个富人？不过他的房子较为整齐些，多些，而他又是木阿镇上的学务委员之一，兼任着他们三个村子连合办的小学校的校长。所以他的乡邻，才这样的称呼他。不过所谓第一富人中，包含着伟大、景仰、尊敬、羡慕的复杂意味，不止是说他的资产呢。

夕阳的余光尚在村前的溪流上乱荡着，一条条的霞色光线，反映着那所小楼的玻璃，使人目眩。一个农妇，正自肩了一筐的木梗和落叶，沿着溪岸走来。她那枯干的目光，正对着十码外的楼窗出神。她懒懒地疲乏地走，忽听得溪的西岸，有个清响的铃声由树林中散出。铃声在乡村中，是常听得到的。但那载重的疲驴，和耕地用的牛项上挂的大而生锈的铁铃，发出音来，沉重粗涩，没有这等清朗。她发现了这个疑问，便立住了。一瞥眼工夫，见林中小径上，跑出一个骑马的人来。马是棕色的，骑马的人却穿了青绒的短衣，带顶阔边的黄色草帽，勒住马衔，很从容的向村中走来。她的感觉是迟钝的，村子中又少见这样的人，所以她注视着他，很为奇怪！正在这时，她那村中小楼的主人，从村西面挂着一把遮日的伞，左肘下夹了一大包的书籍，也踱过来。他是位四十几岁的人，身体很是强壮。他少年时曾在非洲冒过几次的大险，著作了几部游记，很为人所欢迎。不过他回国以后，并没作什么事业，仍然是回到他的故家，过平凡的日子。这时他方从公立小学校回家，正自盘算着一个教育的问题，低着头只管走。

那个肩筐的妇人，瞧见他来了，便不由得将惊诧的声音喊出。那知这位校长先生，没听见她喊出的是什么字，抬头一望，却正看见那个缓缓而来的骑马的青年。他的眼光，是锐利的，虽隔着几十码，他已看得清清楚楚，便将手执的伞，挥起来道：

"慕侠……是你啊！"

对面的青年，骑在马背上，心里被忧郁充塞住了。他没有想到农妇向他注视和那位校长先生和他打招呼。

"哦！……听见了没？……慕侠……侠……"校长先生又高声这样说。

他从马背上，方醒了过来，他仿佛已看见，便一纵马辔，那匹小而壮健的棕马就跑了过来。及至到了近前，他手中一松，马便立住，口中喷出呼吸的热气来。他反身跳下来，姿势异常的稳重，像是久经骑马的战士一样。他英爽而忧虑的面上蒙了一层细尘，却掩不了双目锐利的光，他执着绿皮的马鞭，很诚恳地和校长先生握手。他道：

"刘伯伯！……我们有十年没有见啊！……"他说出这几个字，再也续不下去。他的眼光中，为一种诚意地，切念地兴感所激动，放出晶莹的光润来。他少停了一会，又继续说："刘伯伯你……你怎么在这个村子里？……"

刘伯伯也被同样的感动，他虽是极爱说话的人，到现在看见十年以前的小友，居然变成个风尘中的青年，不禁也急切说不出话来。只从他的嘴唇上，迸出"喂……是你……那儿来？……"的几个字。

这时那个青年，摘下帽子用马鞭打去了帽上的尘土，一面却望着刘伯伯，诉他以前的身世。

他说："那时……不是，是一个冬天。离着度新岁没几天了，刘伯伯不是送我同我姊姊，母……亲，走的吗？咳！我那时只知看刘伯伯穿的洋服的惊奇，全不知我以后悲哀的幻影正在我眼前跳舞！可怜我父亲经营了一生的海外商业，竟得那样结果，都赖……刘伯伯这些话我是后来听我母……亲说的……"他话没说完，刘伯伯便拉过那匹马的缰绳，打断青年的话道："你走的很疲乏了！你且到我家里休息几天，好慢慢告诉你那后来的事情……就是你曼妹……她也喜欢你来，去听你说话！"他一边说着，一边向楼角上指去。

但是青年从感慨惊慕的表情中紧皱了眉痕，发出坚决的口吻执着刘伯伯的手道："我不知道刘伯伯的信息有五六年了！那知还是仍还你的故乡，我只以为你又到什么外国去了！咳！不啊，我必须在这里住下几天，好在我是一个无家的人！……"他说着眼圈发红，声音也变哑了。随即继续急促地说："我愿意在刘伯伯家常住，可是此刻不能了！今夜十点钟以前必定要赶到木阿镇去，因为我自去年，已在军队中补到骑兵的下尉，原来是住在别一省里。这回因为有战事……刘伯伯是晓得的，要挑选一部分将校调到木阿镇的军队中去，预备第一次出发。我本来应该早来的，我因为将来的命运，多分要与死神接缘了！所以告假，回到我母……亲的坟上，看了看，又往我姊姊家，看了看她所遗留下的小孩子。所以今天一早，方从……地方下了汽车，今天晚上要赶到木阿镇去，不明天就乘轮船出发咧！……"他说时，看看自己的手表，很急促地道："恐怕没有什么耽搁了！……"

刘伯伯凝住神听他说了这些话，不由得将手中的伞倒在地上。目光痴痴地望着青年，半晌方靠近一步道："怎么？你母亲，和姊姊也死了吗？"

"是三年前，我母亲死在旅店里……去年我可怜的姊姊也因难产，抛了两个小孩子去了……我……"他这时已流出青年悲哀的泪痕来！

刘伯伯如做梦似的，他心中顿时织成了幻想的迷网。他想他的老友死后这一重的悲幕，却都使他——青年——充了主角。他又想那时他穿身露膝的白绒洋服，腮上如点着胭脂般的红润，他和我们离别的，和我的曼儿并住着时，我心中只是有着他们可爱的一对小生物，心中奏着欢慰的曲调，那知后来因为本省一带起了乱事，便永远不知各家的去向……哦！他现在一个人了！……孤独的青年！……枪炮中的队官……他走了！……不能住下吗？……他这样想竟没有和青年再说话的力量。

青年却坚决地道：“刘伯伯不必这样，我这一行，也是抱了决心的！青春的背影，已将我逐到失望和悲哀的海中去！我的心已不知早碎成了几多片片！我早决定了！……决定了！人生究竟有归宿呀！青年的热血，究竟有个迸聚与流放的时候，我至今还有什么希望呢！……况且，这是不能再为延缓的，大约啊……再见，刘伯伯！十年以后，也会成了梦影吧！……我走了！已经耽误了二十分钟，到晚了，要受惩戒的。……今夜那能再睡……不明的夜里，只有灿灿的星光，和不尽的江流，要送我们到新的生命场中作奋斗去！……刘伯伯……妹在家吗？……我不能见她……祝你们幸福……啊！……"

青年一阵子急遽无伦次的话，音调已不似先前那样柔和了，凄哽得教人听不出！他也不再顾刘伯伯，将身一跃，跨上马去。马嗅了嗅气，四蹄已经发动。

这时，那溪流旁肩筐的农妇，不知是什么事，还呆呆地立在那里看，但她有新的发见，高呼出哑闷的声音道："你们看她从楼上下来！……"

这句话将刘伯伯的痴想，与青年坚决的勇气，都震动了。原来一个十七八岁的姑娘，拿着一朵玫瑰花，从楼上下来。正拉开院外的竹子编成的门。这时青年已经瞧清楚，便觉得身上抖颤得几乎要跌下马来，看她穿的月白色的衣服，如在月影中一般。他咬了咬牙齿便在马上脱下草帽，高喊道：

"妹！……妹！还认得我吗？……我走……永远走了！可扶刘伯伯回家去！……"他不能再说了，便拼命地将绿皮的马鞭乱挥，马便放足跑去，他的鞭子向溪旁一挥，竟将一株向日葵的本干折断，碗口大的黄花，便连枝掉在溪里去。

一阵西风，吹得落叶刷刷地响，马尘的烟，也没有了，只是那个肩筐的农妇，还远远的望去！

村后的陵阜，满了黑暗的影，修长的石道没有一点的细响！

又是一年的同样的秋日，乡村中是一样的忙碌。那一天是个沉闷的天，却没有霞光的映耀与夕阳的美丽。村前的溪流，也满潴了些污秽的水，不似去年那样的清洁；一片片的黑云，在空中流动，像要下雨。刘伯伯衔着烟斗，倚在柳树上，望着远远村后的石径上凝思，谁也不晓他想些什么！不过额上，已是添上了几叠皱纹。他的女儿，脸色也很黄瘦的，伏在溪边大石上，用手把着那棵枯干的向日葵的余干。可怜去年此日的鞭痕，遂葬送了这棵迎风含笑有美丽生命的向日葵。她自夏日，害了一场病，往别处去医治了三个月，这时方回到村里。她同她父亲都掉在一个沉闷的渊里！终日里都是静静的，没有一句话。她这时同她父亲本想出来呼吸清新的秋日的空气，那知到了溪边却都同失了他们的神智似的。那片断的生活的悲痛，却没有一个消息来安慰他们！

一样的去年此日，只是少了那个背筐的妇人！

刘伯伯的烟斗中没得些微余烬，还只管含在口里，向石径上呆看！

"今年……战事完了，看军事的报告，的确……死了！……万……千的人！……"刘伯伯的女儿，弱而无次序的脑中这样想。那干枯将要折倒的向日葵上的鞭痕，似乎向她点首。

西风吹来，由冷的感觉，使他重温到去年此日如梦一般的光景。

她想着，不料猛被向日葵上鞭痕所留下的干刺，触破她的颤颤的手指。

一九二一年二月

遗 音

　　远远的一带枫树林子，拥抱着一个江边的市镇，这个市镇在左右的乡村中，算是一个人口最多风景最美的地方。镇前便是很弯曲而深入的江湾，湾的北面，却有所比较着还整齐而洁净的房子。房子中也有用砖石砌成的二层楼的建筑。正午的日影将楼影斜照在楼前的一片草场上，影子很修长。原来这所建筑，是镇中公立小学校的校舍；这镇上人很高明，他们寻得这个全镇风景最佳的江边，设立了这所学校。校里的男女儿童，约有三百人。

　　校舍的西角，便是教员住室，这也是校内特为教员所建筑的，预备教员家眷的住处。再往西去，就是些沙土陵阜，有些矮树野草，绿茸茸的一望皆是。这日正是星期的上午，江边的风，受了水气的调和；虽是秋末冬初，尚不十分冷冽，有时吹了些树叶落封江波上，便随着微细的波花，无踪影地流去。

教员住宅靠江的一间屋子里，一个二十七八岁的青年，对着许多书籍稿纸坐着发呆。他不是本地人，然而他在这个校里，当高等部教员主任，已将近三年。自近两年来，连他的母亲、妻子，都搬来同住。他的性格是崇高的小学教员的性格，他虽是不到三十岁的青年，然作这等粉笔黑板的生活，已经有七年多了！他自从二十岁在师范学校毕业以后，为生活问题所逼迫，便抛弃远大的希望，经营这种生活。他性情缜密而恬遁，独勤于教育事业。终日与那些红颊可爱的儿童为伍的事业，是他非常乐意的。他不愿在都市里同一般人乱混。他觉得他的生活的兴味，这样也很满足的。他的学识不坏，就使教授中学校的学生，也能胜任，不过他是没有这种机会，他也不找这种机会，他情愿一生都是这样的平淡、闲静、自然。可是他的境遇，现在虽是平淡、闲静、自然，他的心中，却终没有平淡、闲静、自然的时候。因为在他二十岁以后的生活里，忽然起了一次情海的波纹，这层波纹，在他的精神里，永不能泯去痕迹。他从前是活泼的，愉快的，然而这几年来，他是沉郁的多了。时时若有一个事物，据在他的灵魂里，使他对于无论什么事，都发生一种很奇异而不可解的疑问，因此他的心境，越发沉滞了！

这日是休假的日子，校里的儿童，都已放假回他们快乐的家庭里去，忙碌一星期的那些教员，也都各自找着他们的朋友，出去闲玩了。他这时候却坐在自己的书室里，对着一层层的书籍出神。原来他为《教育报》作的稿子须于三天以内作完，他想作一篇关于性欲教育的文章。早已参考了许多书，立了许多条目，这日用过早饭以后，他母亲和他妻与一个三周岁的小孩，都到镇中人家去闲谈去了。他独自坐在这里，想要将他的教育思想，趁着这一天的闲工夫，慢慢的写出。

他坐在一把竹椅子上，排好了书籍，铺正了稿纸，方要拿笔来写，但只是觉得身上陡的冷了一阵，觉得从窗隙钻进来的风使他心战；头上痛了一会子，不舒服得很！他不知怎的，把着一枝毛笔，只是望着对面绿色刷的壁上挂的五年前自己照的像片发呆。那张像片，虽是装在镜框里，然五年以来，片上的颜色，已有些陈旧，隔了一层细尘，更显得有些模糊，就像他的生活一年比一年暗淡一样。他看着像片框子上嵌镶的花纹，弯曲而美丽，像那一点曲线里，也藏着一个生命的小影在里面流转一般。他想这必是一个有名的美术家的作品，他不禁微微的叹了一口气，自己寻思，这就是一个人的精神剩余吗？想到这里，低头看看一张草稿上，仍然没写上一个字，便很勉强地拔出笔，向纸上很抖战的写了"性欲"两个字。那知这支笔尖，早是秃了半截，写得认不清楚。他很愁闷的将笔往案上一掷，心里宛同有块石头塞住了似的，渐渐地立起来，抽开书案下层的抽屉，检了半天，方检出一支笔来，又一翻检，他不禁很惊讶皇急的说出一个"咳！……"字来，这个音由他喉中叹出，然而非常急促而沉重。他静默无语，拿出一张硬纸红字的美丽信片，用尽目力去注视。室中一点声浪没有，只是两个云雀，在窗外的细竹枝子上，一递一声的娇鸣。

信片虽是保存的非常严密，而红色的字迹，经过几年的空气侵蚀，也将颜色褪得淡了许多。他这时无意中将这个信片找出，便使他靠在椅背上，几乎全身都没得丝毫气力。原来那张信片里，藏了许多热烈而沉挚的泪、爱和不幸的命运，以及生活的幻影。也就是他的情海中的一层波纹，是他永不能忘记的波纹。

他呆呆地看了一会，很没气力地将那信片轻轻放在案上，自己想道：这是她最后的遗音了！这是她最后的遗音了！却再也不能够想起别的事情来。无意中将刚由抽屉里找出来的那支新笔，掉在地上，他便俯着身子拾起来，一抬头含着泪痕的眼光，与那壁上挂的像片接触着，猛然又想起是五年半的光阴了！那时这张像片，比较现在的面色，却不同得多，宛同她这纸最后遗音是当年一样鲜明的颜色，少年的容貌，都一年一年地暗淡消失了！而生活的兴味，也一年一年地减去了！环境的变迁，真快呀！……他想到这里，那很细琐很杂乱的前事，都如电影片子，一次一次地在他的脑子中映现而颤动了。

他想：他自从在学校毕业的那一个月里他父亲死在银行的会计室中，他本来可以再升学的，但那时不能有希望了。他父亲死了，家中又没有什么收入，他有个姊姊，有四十多岁身体很不康健的母亲，不能不离去学校，谋一家人的生计。于是他便由一个朋友的介绍，往一个极小的外县的农村里，充当一所女子高等小学校的历史国文教员。那时他刚二十一岁，然而他在学校里，成绩既好，性情又和蔼，所以人家很信任他。他记得第一次由家里去到这个远地的农村学校的时候，他母亲和姊姊在门首送他，他母亲，逆着很劲烈的北风，咳嗽了几声，及至咳完，眼中早含着满眶的泪痕。他姊姊替他将外衣披好，一断一续的似乎说："兄弟，你现在要出去作事了，第一次的作事，身体也不……要劳着！免得……妈……老远的记念着！……"这几句话没说完，一阵风就将他姊姊的话咽回去了。

他想到这种念头，记起他自小时最亲爱的姊姊来，可是他姊姊已经同她的丈夫到北方去了，远隔着几千里的路程呢！

他在那个极僻陋的农村子里，作一个月二十元的教员，却平平的过了一个年头，第二年他姊姊同他母亲也因为家中生活困难，便也搬来同他住在一处，后来他姊姊就同他的一个同事结了婚。

他想了这一些往事，便用手点着那张信片的拆角，心里很酸楚地想："我若不遇见你，我的精神当没有一点反腾，可是啊！你是一个乡村中天真活泼而自然的女孩子，设使我不到那里去，你也可以很安贴的作一个无知无识的乡村妇人，到现在，在你的平静家庭里，安享点幸福，不比着飘零受苦好得多吗！"

他回忆在那个农村里与她无意中相遇见的时候，是在他到那里第二年的二月里。有一天下午，校中的女学生，都散学走了，他拿了一本诗集，穿了短衣，出了村子，就在河岸上一个桃树林子里，坐在草地上读去。那时桃花，已经有一半是开好了，红色和白色相间，烂熳得实在可爱，他检看书籍，精神极愉快，头发蓬着，从花影中现出了他的面貌。河滩里一群男女孩子，在那里游戏，她从山里采了一筐子茶芽，同她的女伴，沿着河岸走来，恰巧一个顽皮的孩子，扬起一把沙泥，向空中撒去，于是她的眼眯了，一失足跌在岸旁，触在块石头上，便晕去了。小孩子吓得跑了，她的女伴，都是十六七岁的女子，也急得在那里一齐乱喊，有的哭了。他看见了，便走去帮着她们将她用人工救急法治醒了。不多时她的寡母也来了，便扶她回去，向着他道谢了好多话，请明天到她家里去。他这时第一次认识她，他是第一次看见她清秀美丽的面庞，神光很安静的眼睛，便给他留下了一个不可洗刷的印象，在他脑子里。她们走了，日影也落到河水的沙底里去了，他只是看着撒下的碧绿鲜嫩的茶芽凝想。

自此以后，他在这个乡村里，便得了一种有兴趣而愉快的新生活。她是这乡村中很穷苦的女子，她比他小了四岁，她的家庭，就是她母亲和她，是村中人口最少的家庭。她是天然的美丽，天然的聪明，而又有丰厚而缠绵的感情。她的言词见解，处处都能见出她是天真未凿的女子。她每与他作种种谈话，都带了诗人的神思，她实在是自然的好女子。她母亲以诚恳的态度对他，不过她家中非常清苦，他去时只可坐在她那后园里桑树阴下的石头上，饮着很苦而颜色极浓的茶。

她识得几个字，又加上他的指教，不半年的工夫，他便将她介绍到学校一年级里去读书。但她还是有暇便去采茶，饲蚕，纺织，作针线，去补助她家的生活，他每月给她几元钱的补助，但是别人都不知道。

她读书的天资，别的女孩子都赶不上，他也非常喜欢，于是一年的光阴，由温和的春日，到了年末。她的智识已经增加了许多，可是她那烂熳天真的性格，却依然如旧。在这一年中，算是她与他最安慰而快乐的一年了！他在这一天一天的光阴里过去，他只觉得似乎是在甜蜜与醇醪中度过。因为他们的灵魂，早已作了精神的接触，便于无意中享得了恋爱的滋味，这是他到了现在，方悟过来。那时只知是彼此的精神情绪，都十分安慰罢了！

他回想了半天，想到那时，他与她游泳于自然的爱河中的愉快，到如今还像就在昨天，或是刚才的事一般。但他又记起由喜剧而变为悲剧的情况，悲剧开幕的原因，即在她母亲的死。

她母亲自青年便受了情绪与生活的失调和压迫，早种下了肺结核的病根，这几年来虽然看着她自己的爱女，渐渐大了，长的美丽，又有智识，又因得了他的助力，心上也比从前放宽了些。但是她的身体，究竟枯弱极了，便在她女儿入校读书的第二年四月里死去了！她家里没有余钱，更没个人帮助，她哭得几次晕昏过去，幸得他姊姊同他去劝慰，他省了一个月的薪水，方得将她母亲殓葬。然而她成了孤女了！他的姊姊又恰在这时，随他的姊夫到别处去了。他与他母亲商好，便将她搬到他家去住着。她终日里长是哭泣，他母亲也非常的可怜她，究竟是有些防嫌的意思，他觉得了，她又不是蠢笨的女子，自然也明白，更是终日自觉不安，所以他们自从经过这番变动以后，除了在学校以外，形式上更是疏远，而他们的精神上，却彼此都添了一层说不出的奇异而恐惧的感觉！

这个乡村的人，是非常尊重旧道德的，虽有女子学校，也是不得已方请了几个男教员。他是很纯洁而诚笃的，所以自到这里，无论是农夫啊，私塾的老学究啊，对于他没有什么恶意。但自从他将她介绍到女校里去念书，有些人便不以为然，不过还没有公然的反对；自她母亲死后，经此一番变动，村子里便造出许多的谣言来，说他两个人，尤其以乡村妇女为甚。她们都向他的母亲乱说，他母亲更是着急，那时女学生也不大去听他的教授了，于是村中的校董，便着急起来，直接将他的职务辞掉，他遂不能继续在这个村子生活。但他却也不以为意，商同母亲愿同她一同回到别地方去谋生活去，不料他话还没说完，他母亲便给他几句极坚决的话道："你自幼时，你父亲便已为你订过婚的，现在你为她竟然丢了职务，也好！我就趁此机会，去回家去与你完婚……再打算法子……她……你不必有什么思想！……"

这突如其来的打击，他与她生命之花的打击，使他昏了半天！原来他在高小学校的时候，他的父母，便看好一个亲戚的姑娘，就暗地里将婚定妥，因他素来主张婚姻自由，所以直至他父亲死后，他当了教员，他母亲才将这个消息说与他知道。他这时方明白他母亲虽是爱惜她，却防闲她的原因，他这时看见婚书、聘礼，摆满了一桌子——他母亲给他的证明——他心里直觉得一口口的凉气，渗透了肺腑，可是他不能舍弃了他母亲，便不能毁了这个婚约。他觉着这时什么思想也没有，只是身子摇摇不定，手足都没点气力。后来她进来了，看明白了，他与他母亲的情形，都在她聪明而有定力的眼光里，她乍一见时，有一叠泪波，在眼里作了一个红晕，即时便现出满脸的笑容。和他母亲看戒指问名字，还忙着给他贺喜，他也不明白她是什么意思，便很悲酸而颤栗的倒在床上。

这一下午，他这个小小家庭里，异常清寂，她在屋子里写了半天的信件，晚饭后，便亲往邮局去了。他呢，痴痴地趁着月明下弦的残光，披件夹衫，步出村子，到树林子里依着树，细细地寻思。但是他的寻思，很杂乱，不晓得怎样方好！

末后，她也来了，星光暗淡下，嗅着林中野蔷薇的香味与自然的夜气，两个人互握着手立着，总觉得彼此的手指，都是有同速率的颤动，而各人手腕上脉搏，跳的也越发急促。他们这时却不能说一句什么话，也不知是酸是苦，觉得前途有一重黑而深覆的幕，将要落下来了！他们这样悲凄的静默，约有四十多分钟的工夫，后来还是她用极凄咽的音说出了一种忍心而坚决的话，这话他现在回思，像当时她在耳边梳着双鬓呜咽地在他肩头上，说的一般清楚。可是他这时已没有勇力再去追想。但记得她末后说的几句话是："不能在你家了！……我要赴都会里谋生活去……这村子的人，都拿我……无耻……那封信，是寄与我一个表姊的……她是在那边当保姆教员……但是我不！……永不！……订……婚！……也不……愿你……还记！"……他记得说到这里，两个人便一齐晕倒在草地上了！

以后的事，他也不愿想了。这是明白的事，她竟自独身走了！他也作了恋爱的牺牲者了！结过婚了！他这位用红丝系定的妻，也是高等女学校毕过业的学生，性情才貌都很与他相配。若使他未曾经过那番情海的波纹，也没有什么。但是他自此以后，虽她——他的妻——对他，有极美满的爱情，他终是觉得心里有个东西成日里刺着作疼。一年一年地过去了，他起初和她通过几次信，可是她来信总是些泛泛的平常话，对于过去的事迹，却一句也不提及了！后来他充当了江边市镇学校的主任教员，她便寄这一张最后的遗音与他，说她近在某公司里充当打字生——但不知是那个公司——后面她说她现在立誓不与男子通信，情愿一辈子过这种流浪生涯，并他也往后不再通信，即去见她，她也绝不愿再见他，她说他的小影，早已嵌住在她的心头，从此就算永没有关系！她这封信，连个地址也不写上，他一连写了几封沉痛的信，往她的旧地址寄去却是没见一个回字。他为她到过那个都会两次，却没找到一点关于她的消息。

过了二三年，他有了个小孩子，生活上不能抛了职务，家庭上也多了牵累，他与他妻子的爱情，在长日融洽里，不知不觉地比初婚时增加了好些，但他心头上的痛苦终难除去！

他这半日的回思使他少年的热泪，湿透了那张最厚的信片，泪痕渗在红钢笔写出的字迹上，宛同血一般的鲜艳。

二点钟三点钟四点钟也快过了，他坐在竹椅上，也不起立，也不动作，草稿上还只是有很草率而不清楚的两个"性欲"的大字。

日影渐渐落下去了，风声渐渐息了，一对娇鸣的云雀也拍着翅儿，回他们的窠巢去了，但他这个伤心梦影，却永没有醒回的一日！

院子的外门响了，他的妻穿了一身极雅淡的衣裙，抱着三岁的孩子，孩子手里弄着一支白菊花，袅娜地从枯尽叶子的藤萝架下走进来。他们进屋来了。那小孩子呀呀道："爸爸！……爸爸！……一朵花呢！……"说着便将鲜嫩的小手，向空中一扑，将花丢在他的膝上。他这才醒悟过来，将那封最后的遗音，往抽屉中一丢，猛回头，却见他妻看了看草稿上"性欲"二字，朝着他从微红的腮窝里现出了一点微微的笑容。

一九二一年三月

春雨之夜

黄昏过了，阴沉沉的黑幕罩住了大地。虽有清朗月光，却被一层层灰云遮住，更显得这是一个幽沉、静美、萧条的春夜。

灯影被窗隙的微风拂着，只在白纱帏上一来一往地颤动。我正自拿了一本现代的英文新诗集，包桃林所作的一首，名"悲哀之夜"，里面有几句是：

> 我听见落叶松林中如流水的声相近，
> 发出了耸动啊、静止啊，和那种摇音。
> 在寂寞的夜里，未眠之前，
> 我尽能听闻。

我口里重复念着，正在咀嚼那"寂寞之夜，未眠之前，我尽能听闻"几个字，仿佛这种文字里有浓厚味道一般。我便想寂寞之夜啊，今夕。……想到这里，不觉得便把很厚的一册洋装书掉在床上，原来有一种细微凄凉的声音，冲破了这个静境。那种声音打在窗纸上，流在树叶上，点滴在门外的菜畦边软而轻松的土壤上，都似奏着又静又轻妙的音乐，一声一声打着人们的心弦。起初还滴答滴答地散落作响，后来被阴夜的东风催着，一阵阵淅淅潇潇，却完成了这个寂寞的春雨之夜。

有这等轻灵凄咽的雨声，似是冲跑了寂寞；然而使人听了比静守着寂寞还要恐怖，还要感动！

和美的声音，容易触发人的深感，而幽凄的音响却难给人以愉乐的同情。幽凄的音啊，你怎么这样容易使人回思，使人想到那些微小的事实上去？这些事实，是深深地埋在人们的心深处，永远，永远用血花包住没有雕萎的日期，一得了幽凄音响的滋润，便开了蓓蕾，放出悱恻醉人的芳香，不过这等思想的芳香却使人如嚼"谏果"，从辛涩中得出甘苦的味道。

灯影依旧摇着，白纱的轻帏沙沙响动。一阵阵细雨声，使我重回到几年前的梦境。——八年前的梦境，或是虚伪的梦境？——脑中的幻想重重演出：荒野沉黑，轮声激动，细碎的雨点，打在玻璃窗上作清脆的音响，哦！又是一个别样的春雨之夜。

那夜是三月末的一夜，在一辆火车里，惨惨乱摇的灯光，映着这一连十数辆的客车，在荒郊中慢慢行去。那时不过晚上十点多钟，虽是春夜，却因在日落前下了一场雨，料峭东风，吹得车中人都打几个寒噤。车中的旅客也不多了。我那时靠在窗下，闭着眼睛，只是恨这天火车的轮机转动得太慢！雨中的汽笛声也非常沉闷，像哑了喉咙的老人拼命呼喊一样。越听得出车外雨声的清响。使人虽觉得精神沉闷，却只怨车开的慢，没有一点反感因为雨的来临。

我正想入睡，只是睡不着，忽有种亲切声音，由对面传来道：

"哦！你起来，……起来呀！看看有星星在天上了。"

我不自主地睁眼向对面望去，原来是两个旅行的女子。一个大一些的，一身淡素，一看便知是个在中学的女学生。那个小姑娘也不过十三四岁，梳着两个辫子，右手持着一张时下流行的画报，左手却垫着腮颊，俯在那个女学生的身上，她肩窝一起一伏地像在那里哭泣。那个大几岁的，聪慧的面目上，也带着凄惶的样子！手里拿着没有织成的墨绿色绒织物，一边用手抚着小姑娘的柔发道：

"妹妹……你不听见雨声小些了吗？今晚上，……待一会星光有了。明日啊，……我们就躺在母亲的床上。你忘了吗？母亲叫你画的那张水彩画……我和你钉在母亲的镜台上面。……唉！你笑了吗？"

那位小姑娘果然站起来拭了拭泪痕，两只明黑的大眼望着姊姊。一会隔着车上的玻璃窗子，听听外面的雨声，便又似有什么欢喜的大事一般，两只手搭在她姊姊肩上，有自然的笑容。但是那位大几岁的女学生，浅灰色的衣襟前却已润湿了一大片。她只是呆望着摇动的灯光，弯弯的眉痕时而蹙起，时而放开，眼睛里一片红晕。一会儿抚着胸口装作咳嗽，像怕她妹妹知道；一会儿强拉着小姑娘的手，柔和地亲爱地和她低声轻谈。

雨声只是零零地不住。我看她们那样天真，忘了车轮转动的快慢，心头上有一种纯洁的感动！至于她们各人为什么不高兴，为什么烦恼，只有轻妙的雨声能知道吧？

雨声没停，车轮却转得快了。到了最后一站，我们便冒着雨，挟着行李，下了车。各人都带着冷缩疲倦的神情。这个站是个乡村商业的市镇，除了几十家工厂和铺店外，却没有什么人家。道路上石子沙土被雨水胶合在一起，又没有什么车辆，委实难行。我们这时只望有个屋子休憩，因为那时已近半夜，一日的旅行，加上春雨中的苦闷，确是疲劳不堪。于是我们这一个客车上的同行人，便被一家栈房邀去。他们有些人扛着行李急急地走去，我只是缓步寻思。

半夜的冷风，挟着雨丝从斜面里往人脸上打来。我在前面时时回头望那两位姑娘，还在后边。小几岁的紧紧倚在姊姊身侧，她姊姊挟着一个旅行用的皮囊，举起迟缓无力的脚步，紧蹙双眉，随着我们走来。这时去站不远，电灯光还可照见。

栈里的房子很多，我便同好多作工的人住在一间大屋子里。十二点了，一点了，雨声渐渐停止，唯有门前大树叶子上面的雨水时而流下来的微响，可以听得见。我翻来复去兀是睡不宁贴，又觉得身上微微有点痛。屋内还燃着油灯，看看旁边那些工人都呼呼地睡得非常沉酣。雨后的夜里，愈显寂寞，窗外水道里听得出流水潺潺的声音，马棚中的蹄声过一会还蹴踏不已，我竭力想睡去，总睡不好。喔喔的鸡声啼了，天快晓了，荒村中的春雨之夜也将终了，方朦胧睡去。

第二天仍然阴云密布，没一线儿阳光。清晨的冷空气，使人有新鲜的感觉。我不能再迟延了，雇好马匹，要践着泥泞的道路走去。

我正在院子里徘徊着，看竹篱里萱花的绿长叶子，红黄花蕊，着了昨夜一场时雨，非常娇美。忽听得隔室里有女子呻吟的声音。那边室门开了，昨晚在雨中同车的那位大几岁的女学生，微蓬着鬈发，立在门口。我看她的眼圈却红肿了。她一边望着阴沉的天色，一边带着吁气的口气向室内喊道：

"你不要着急，今天到家了！……到家了！母亲见我们回去就好了！你不要急得发烧……啊！"

一九二一年初春

月　影

　　冯惠真从她的同学家中回来，胸中贮了忧郁与惨伤的热血！她记得，出她同学那个竹篱编成的门口的时候，就觉得心口里一阵阵地被哀痛的同情的血丝扭铰得作痛，当她那位憔悴虚弱的同学，用抖颤无力的手指，和她握别的时候，她几乎没有立住的勇气，心卜卜的跳，连句慰藉的话，也说不上来。温和暮气中吹来的拂面春风，她却连打了两三个寒噤！那时太阳还射着微末的红光，从淡淡的白云中露出，街头柳树嫩绿的枝上，已是暗淡模糊，蒙了一层黑影。她那个可怜的同学，柔脆的心，已被悲哀冲破！含着滴不下来的眼泪和她对立在一棵成阴的杏树下面，呆呆地，只向三码外的柳枝里看。

　　自然，她的同学，没有再声明看什么的勇气与言语的能力，但她是知道的，的确，她想得和那位失望的妇人的心思，差不得一些。她却不敢说出；她虽不说出，而恐怖的意识，已经在她的脑神经中，开始活动起来。她便从悲哀的同情中，加上了一重隐约、细微的恐怖！她不能不走了，她们对立在竹篱外，约有十分钟。各人的眼光里，表现出特异的、奇讶的注视，各人的脑子里，演出些痴念，与恐怖的幻影。她们紧紧互握住了手，在静默中，自能从精神上，互诉出最大量的悲惨的同情！

太阳完全落下去了，片片的轻云，仍然在空中流动。东南山角上，已笼出一个半圆的月儿来。月光很淡薄的，然而照到远处山凹里的平林，突出的峰顶，农夫的小屋，山腰中的几株马尾松，苍苍茫茫，现出一幅淡远模糊的月夜图。

小小的河流，从半坡形的曲涧中流过，由石齿内透出的清冷轻散的声音，渐远渐细，和坡上的野蔷薇的芬芳的香，一同散布在这个春夜里，来和寂寞的月色作伴。涧旁有条崎岖的小道，便是惠真回校的道路。

原来她是这山后一所乡村公立小学校的教员，她那位同学，便是那所学校校长的妻子。

山中石道，弯曲的委实难行，细碎的小石子，布满了路面，两面低低的石壁上，牛蒡子和榆叶梅的细枝，交互横斜，往往将裙子挂住。但她这时全不觉得，心上沉沉的不知想些什么，踏碎了满地的月光，她也没有什么兴感。仿佛看见一个小小的摇篮里，盛着未满四岁的一个女孩子的尸体，疏秀的眉，长而且黑的睫毛，紧闭着双唇，还似向她作默示静穆的天真的笑。摇篮外面，一簇鲜艳的海棠花，映得那女孩子的腮颊，都失了红润。这种印象——两点钟以前的印象——使她柔脆的心弦里，一面奏着哀惨的幼稚的爱的音乐；一面却触拨起恐怖与颤栗的响声来！她不时地回头望去，似乎她那位同学，白瞪的、无神的眼光，直楞楞地还似对她钉住。于是她心里虽想着快快走到校内，而听着水流触着大石的声，和衣裙拂着草根的细响，都使她的腿力减少，疲软，自己握住两手，觉得手指，都冷冷地发抖，气息闷在肺部，呼吸也有些困难。

　　月亮已明了许多，照得山径中各种东西，都似活动的一般，水流声也更急，而声响也越大了。天上有几道星光，都似向她的眼光中射出奇异的色彩，山上的树影，被风吹动，也要向她扑来，她觉得额上的发，有些水沾濡着，用手勉强拭去，也不知是那里来的汗珠，身上虽是穿着两件夹衣，还是冷得不堪。越想快走，而脚下绊住的东西愈多，可恨的小石子，偏跟着她的裙缘转动。忽地扑的一声，从她头上，有个东西穿过去，她不觉得便斜倒在一丛矮树的枝上，身上的神经如触电一样的麻木战抖，眼也不敢睁了，仿佛这恐怖的空气，要将她紧紧压在一个洞里一般！

经这一番惊恐的打击，反将她的精神回复了，她定了定神，如做梦初醒似的，立起身来很长地吸了两口气，便清楚了好多，只是身上的冷汗还沾湿了衣袖。她扶着道旁的树，一步步走着，足力也强健了，走了几十步的光景，转过一条斜路，便看见几处矮矮的茅屋中，露出半明的灯光，一片青草的广场左面，老远就听得有和平轻微的风琴声，吹到她的耳膜。"咦！到了！"她从欣喜与愿望中，迸出了这三个字。

半圆的月影，由山角移到了中天，学校里各屋子都没有一点灯光，独有冯惠真的窗前，尚燃着一支烛。烛光微弱得很，一层烛泪流在黄色的铜碟中，由纯白变成青色。冯惠真手里拈着半支紫杆的铅笔，向一张粗纸上乱画，她的手指仍然颤颤的，写得不能成字。这寂静的夜里，越发使她兴奋的思想，转到不可解释的悲哀和疑闷上去。这人生的苦痛，她替她那位亲爱而和善的同学，生了真诚的感叹。她想："我是下午散课后去的，因为昨天听校长——她的丈夫——说：'可怜的小孩，据医生说，已经有了生机，不至出什么岔子了。喉头已消肿了许多，据说那还是百日咳的余根，受了点外感，也没甚么危险。'不过他说时，不住地皱眉，连连地道：'不如没有孩子倒还好些！现在我添上了两重的忧虑！她！……她！……'说到这里，他就咽住了，我当时知道我那位同学。她要陷入悲惨的境遇了。快得很！那里想到，我今天一去，就碰上了他们悲剧的启幕呢！可怜啊，她——女孩——弱小的灵魂，尚似不知人世的依恋，临死的时候，呼吸已不继续了，还拿着她妈的鬓发笑呢！她妈只当她索乳吃，刚解开钮扣，我用手抚她的胸口，却冰得我几乎喊了起来。"

"啊，我这是第一次见死的生物，却偏见这个幼小可爱的女孩的死！她妈的景况，咳！……人为什么要结婚？又为什么要他们血统的与艺术的产品。爱是悲的背影！人们的生，只是催速着往死上走去！死究竟是胜利啊！可怜的人们，都是生与爱打败的俘虏！……"她想着将手一抬，不料用衣袖将烛光扑灭，屋子里却还不十分黑暗。白色的窗幕，映着帐子，还可看清壁上的油画。她不再燃烛了，却也不想去睡。听得前面广场外的树中，发出微微浮动的细声，远处有牛羊的鸣声，哀长而凄厉。她用双手遮住了目光，靠在椅背上，重复想去："这时，她怎样了？土堆里新埋了一个生的肉体，伴着这个明月，在孤寂的山田里。可怜她的母亲，必是倒在她卧床上吧！她头发一连七八天未曾梳过，衣服上净是药汁的臭味。……她在我们同学中，人人都称羡她是最幸福的，她的丈夫，和她有真诚的爱，又是诚笃的青年教育家。他们甘守着澹泊的境遇，度着甜蜜的岁月，也可谓……她结婚不到三个年头，竟然有了他们的艺术品。我们同学听说，都说她是十分有好运的人。……是的，他们的爱情，自然是无缺陷的。却是今天受了这个圆满中的重大打击，将他们恋爱之果的艺术品打碎！他们小小的家庭里，宛同上了一层愁云的帐幕。……看他那种悲哀——痴呆的悲哀，因为她丈夫要埋了已死的女孩，她却和她丈夫吵了一阵，平日温和的态度也没了。这几天，她似乎老了十年！……"冯惠真寻思日间的事，到这里，便胆怯起来，不敢再去继续想去，然而又压不住这狂奔的思想，她转想到晚上走了四里长的山径，便又觉得恐怖似乎向她袭来！

一阵风从窗外吹进，将白色窗幕揭动，她伸手拉起向窗外看去，隔着玻璃看那月影，照在山谷树木上绰绰约约，都似在那里跳舞，又似乎一株樱花，一枝柳条，都表现出静悄幽阒奇异而可怖的情调来！她从高处下望，他同学的居室，还仿佛看得，是在一带平林的后面。她想那里，更是个可怕与凄惨的所在！

夜中的风，使人容易受凉，她被风吹，身上有点冷意。脑中又纷乱害怕起来。她似乎看见那个可爱的女孩，在操场边一棵樱花上向她微笑；又似是伸着小臂，远远要和她接吻。她这个恐怖的感觉，登时如在山径中一样的支持不住，便匆忙地放下窗幕，一转身伏在白色的枕上。记得从前，她曾亲那女孩苹果般可爱的小腮，觉得又软又温。她倒在枕上，颤颤地用手指按住了她的嘴唇，由窗中漏进来的月影，正照在她的手指上。

一九二一年四月十日夜十一时

伴死人的一夜

在油腻的木桌上，烛泪如线似流，烛花却大得很，黯惨摇颤的光，照得黑暗的墙角，越看不清楚。屋子当中一个铁筒作的火炉，一个个半黑半红的火球，放出惨绿的火焰来。方正跛足的木桌上面，安置的东西多得很，烛台，秃而粗大的笔，零乱的纸张、点心、花生，更有满盛着烟叶的木盒。

偶然听得炉中的火声毕剥，却同里间一个老病的管事人的鼾声相应答。他是一个二十年前的京中的骡车夫，专伺候"大人"的骡车夫，现在没有好的生计，所以在这个荒僻的义地病院里作管事人。他每谈起尚念念不忘他以前生活的美满与多量金钱的收入。

几个人，或卧着，或斜坐着，都沉默得没得一句话说，身体都明明有些支持不住，却又再不能睡觉去。我在房子中间走来走去，望门外看去，一个将灭的纸灯笼，地上还有些没曾烧尽的火星，秋夜的冷风，吹着火星满地上乱跑。我望望火星、灯笼，再看到院中的西屋，距我立着的屋子，只有十步远，使我陡地起了种不可思议的感觉。再回看他们在静默中，越使我精神与身体都难过得不知要怎样处理！又恨不能早早回去，使我在凄清惨淡恐栗的秋夜里，第一次尝试这种况味，然而我心里，却同时责我，不应作这种无理性的思想。

我心里被说不出的异感冲动、震摇，一层层恐怖与凄惨悲哀，使我如同失了知觉。忽听得靠北壁的床上，她在沉闷的夜里，长吁了一口气，音哀而颤，于是她的口音，遂破了屋中的岑寂。她说："……我没法再往生……活的路上走去……他出来将近整年……竟想不到死……这里！……早知，我……不来呀！还得叔叔们在此……使他都装殓……妥贴，然……我实在永不会忘！……但……"

她的哥哥，是个体弱黄瘦的人，这时只有斜支着头，在椅背上流泪，我们立在室中没得言语。后来她的哥哥惨促地道：

"他已经这样了！你连夜坐火车奔到这里……哭……心痛……又怎样？……他……你还有两个孩子呢！"

她本来躺在床上，听到这里，却用力坐了起来道："孩子怎样？三哥，你……还不知道我将来的苦楚吗？家中人口又多，财产又少，我处处难过！咳！将来的日子……我决定了……孩子托付与三哥，我呢！……再没有生人的勇气……"她说到这句，喉咙中微弱颤促的声音，已经咽了回去。她重复倒在床上两手掩着额部。室中又即时静默起来。只听得我们四五个人中时时间作的叹声！和我同来为死人料理的那位，他是我的一位族兄，衔着一支将烬的纸烟，时时用手捻着唇上的黑髭，他于是很深沉郑重地道：

"虽然……但还须往后面想，他这种急症，我实在替你不幸！可怜他由学校，搬到这个荒凉的义地病院里，他临死的时候，目光没了，瘦得再也不能翻身，然而他还时时用干枯的手抓席子，屡屡地用听不清的口音说：'没来呢！……没来呢！……'今天上午，他……你到了将近半夜方赶到，可怜！……你也不必作什么思想，可是呢，你家里的困难，我们都知道的，将来吧，小孩子还可成人……"她也没得言语，而她悲凄的叹气声，一变而为似哭非哭的呻吟声！

室中的炉火，已经剩了微光，院中的灯笼，早已熄了，长的秋夜，已经过了多半，还听得檐下树上的宿鸟，时而发出争巢的声。除此以外，更没有一点声息。我时时望院中停灵的西屋，就想到矮矮的木床上，有个未入棺的干枯的青年尸骸，可怜哪，他才二十二岁！

　　疲乏不能胜过在这夜中奇异之感的逼迫，使我回想到他——死者——的生活。我本来比他大一二岁，虽说是叔侄，远族的叔侄——的行辈，却绝没拘束，不过我在外已久，不能常见他。那想他来求学，竟死在此处！唉，人生的命运！死后她的悲哀！突由室外吹进来一阵黎明的冷风，使我打了一个寒颤，回头看看他们，仍是如泥土塑成的一样，静默着，而窗外的晓光，已从田野中穿棂而入，室中渐渐变成白色。

　　靠近义地的晨鸡啼了几遍，天色已经亮了。于是我们同来的都如复活的一般。我觉得室中悲惨闷滞的空气，几乎将我窒死，遂也不顾秋寒，先跑到院中。而第一先注眼看的，便是西室的木板风门。院中清冷得很，几丛矮菊旁，睡着一只黑毛大身的狞狗。我方如梦醒，叉手立着。忽然外边有个伺候病院的老人，提拖提拖地提把水壶走进来，他看我在那里，便道：

　　"辛苦啊！……饮些热水吧。"

我也正要喝些热水，不想我话未及说出，一阵拍外门的声音，响的非常大，老人很从容地放下水壶道："唉！……好早……送棺材的来了。"

一九二一年五月

醉　后

　　纷扰的喊呼喧嚷之声，由各个敞开的玻璃窗中发出。突然的一个惊恐，使得街头上的小孩子们都楞楞地立住了。电车铛铛地连续不断地驶去，如电影般的街市中的瞬息，也似为这个纷扰的声浪震动了。

　　玻璃窗子碎在地上，很华贵的酒楼，变成一个打架的场子，忙了带刀的警察，尖利的笛声鸣着，中间杂以杂沓的人声，与街中的狗吠。什么恐怖发生，在这个夏日的闹市里？

　　在高大建筑物的最下层，距马路不过四五尺高的窗中，如飞堕下来的一样迅疾的，一个短服的人影，从窗前的电车道旁闪过，穿过街心了，跌倒了，重复跳起，向侧面一条路上过去。于是警察的尖利的笛声与群众的喊呼，同时急速地转了方向，是何等惊恐啊！在七月的毒热日光下，蹴起了满街的飞尘，一群人中有的将帽子

丢了，有的脸皮也破了几块。"捉住！……""万恶的暗
杀党！""凶手啊！"一片听不十分清楚的狂喊，由街市
的中心喊出。于是全街上的人，都如潮水的汛动了。人人
不知是怎样的恐怖！面色上都似乎有不可思议的疑惑与眷
乱。惟有电车的铛铛声音，比较着还能保持它的原样。

复杂而且多心的人们，将全个街市都扰乱了，但由
楼窗中跃出的飞影，却即刻不见。

当那些神经过敏的人，将那个飞影由窗中逐出的
时候，他已有充足的活力，能够使得他的影，随他用最
迅疾的速率，去跳越与飞腾了。他的技术本领，早存储
于青年的体力中，如今居然有利用的机会了。当他在酒
楼的上层与一位绅士、一个公司的收账员用武之后，他
眼见那一个人，半边红破的脸，向椅子后面倒下。他开
始听见楼下惊疑的呼声的时候，他自己觉得体力虽仍活
跃，但眼睛里有些昏花了。他看到案上的酒杯，有些活
动迷乱。他由二层楼梯跃下，几乎可说滚下。对面一
撞，一个侍者的白衣，已染满了一些鱼羹。而且侍者的
头，撞在木壁上，与盘子碎在地板上的声音，同时发作
了。他昏乱的眼光巾，许多丑怪的头，都向他注视得惊
呆了。他又看见壮年的人，都将大而红的口乱启开，他

何曾听见什么！但他恍惚的脑子中，自然知道他们的意思。他奋兴的心开始怒裂，而且悲哀！又被不可屈折的情绪压裂了！在他身旁的磁杯、花瓶、盘子，便随他的臂四处飞转了。而大的武剧也发生。他看见除他以外的人们，是怯弱与卑鄙的，如穴中的鼠一般的无用且讨厌！他不曾再有理性的思索与辨别。他这时只知他是一个狂怒的动物罢了！他只是用不可止熄的心中的火，要想将这整个的世界来烧掉！但是他在狂醉与愤怒中间，也觉得出群众的眼光，是激怒而仇视的向他注射着。同时也听到门外的尖利的笛声，他被这等尖利的声音震动，因此声音所受的打击，使他终难忘却。他看见门外已是如潮水般的蠕动着些人，他何曾肯受这等屈辱啊！

　　他没有关顾到身体的伤损，没想到电车轨道下的惨死，更没有同情街市中儿童们的惊怕！当他由窗中飞一般地跃出，在他的醉态恍惚中，他自以为如飞鸟的快活与自由。他猛烈与飘忽地穿过街心，在他熟悉的道路中，如同他童时在柳树林中转圈的娴熟，便走过四五条小巷。起初还听见后面人声的喧叫，但从热闹的街市，走到临近城里的荒场的僻巷中，便甚么都听不见，只仿佛是有无量的耳语，飘宕着从天外吹来一般。这时金红色的阳光，远远返映着城中最高方塔的铁顶，格外熳烂，而他蓬散着的头发上的汗珠，也一滴一滴地洒在热的土上。

他惶惑地四顾，一个曾经到过的地方，不意地出现了。距这个僻巷不远，有一所荒废的花园，是极古旧的园了。破木门外一棵多年的银杏，是他二十年前的老朋友。他突然见是这个地方，顿然使他纷乱、愤怒、激动的心，暂时如浸在冰雪中的清凉与透澈了。在片刻中，使他想起他初入学校的时候，天天同着几个强健的同学，由学校中跑出七八里路，到这个园中游玩的故事。他想："多末天真愉快啊！西邻的朱小符，都是将学校的制帽斜挂在脑后，瞪起眼睛来，如上前敌般的勇敢，就爬到银杏的最高枝上去了。记得有一次春天，下了一场细雨之后，还有顾浮次，我们三个人，踹了一路的泥，将父亲给我的一双新式的小皮鞋，都沾污了。我们来到这个地方，我是立在东北面的露出的树根之上，朱小符便照常自告奋勇爬上树去。将一个鹡鸰的巢——小而用细草与泥作成的巢，整个地摔到地上，有几个将近孵出的卵壳，全碰碎了。卵中黄白色的液汁，流在草地上，哦！那时是我童年中最大的惊恐与悲惨之心发现的时候！但是……自从小学毕业以后，朱小符在某师里作了目兵，顾浮次在一个轮船公司作了记账员，还有……唉！……"这段思想，在他的脑子中活动得比流光还快。他久久没曾平放的心，至此想起了许多旧事来。老银杏的大叶上的绿色，竟将他饮下的火酒湛清了许多。他许多许多的同学，都从久经搁置的脑中浮出。他自重回到他的故乡来，几年的光阴，都在赌博的俱乐部，与秘密会所的黑暗屋子中消失了去。这个地方，与这些零碎的旧事，早已成了隔世的飞尘，然而在凶狂的醉中，忽然走到，并且不可思议地使他回想到这些事上去。

毒热的夕阳，渐渐沉落下去，在这个僻巷中，没有一个人走过。只有一个穿了补缀衣服的小姑娘，提了一篮子野菜从巷外走来，到他身旁，呆看了他一眼，也就无意地走入一处矮小茅屋的人家去了。

他在清寂中，感到颓丧的悲哀。久已涸干的眼泪，不能自禁地由疲陷的眼眶中泻出。他疲软地立了一会，觉得全身如在汗中洗过一般地难过。将单衫的领袖，整齐了一下，如同见远客一样的礼仪，这在他是没有过的。他慢慢地走到银杏树下，压住气息，往废园中看去。不禁使他愕然了！园中的草，都与短墙一般的高，从陷落的砖中长出。里边所有当日的屋子与花台子，都看不分明了。好奇心增加了他脚下的力量，踏着些不知名的草与荆棘，及盛开的繁花，往园中去。

迥然与从楼窗中飞跃出来的他，另变了一个人了。他迟回地、疑讶地，向园中走来，除了阵阵的草叶上油香与野花的奇臭以外，没有什么感觉。旧迹的感喟，使他回复到十七八岁那时平静、闲澹与自然的心境里。记得有一次，他随着他斑白了头发的母亲与一个表兄，在一家宴会中，曾到过这个园中的亭子上。那时亭子外边的粉色芍药花，正开得繁茂。他想起他的家中人来，这在他近几年中，放浪与狂妄的生活里，也算仅有的，因此他不由得战栗了！手指想抓住单衫的扣子，也几乎不能抓住。他记起十岁时候，在他的父亲房子中，偷喝过一回酒，居然变得烂醉。因此他那严厉的父亲，将他母亲骂了一场，甚至他母亲哭了一夜，他因此再不敢，且是不愿去饮一滴酒了。他想到这里，使他抖颤与懊丧了！怎么啊，如今竟变成这样！设使母亲在着的时候，她见我终日的酗酒，将要怎样呢？但如果她还同我生活，在这个可惨与悲悯的世界上，我或者不这样的狂饮了，而且我决然终于不变我那个温和与善良的态度啊！

他无力地披着高大的茂草，蹴着小的石子走，一面却沉痛地想着。至于园中到底是荒凉与颓废到甚么样子，他并不曾注意。走到一所破漏的屋子前面，他无意地看见门檐上有三个用金砂堆成的字，末两个字是"云轩"，第一个早已看不清楚了。他于是有一个思想使他尤为烦闷！"哦！这是什么名字的园啊，我曾记得母亲对我讲过？"……终于他记不起了！

日光已经沉落下去，满园中已暗澹地罩上了一层朦胧的夜幕。他在破屋的倾斜的篱笆前面，无意味地立着，他竟也会想到夏之夜啊！"我今夜要宿在何处？"在从前他不会有这等思想的。到了那个赌窟与秘密会所中，自然就很恬静地睡了，他绝不会发生"将来"二字的疑惑与思虑的。微热的黄昏之风，已将他狂饮下的酒力都吹消了。他对于一日内所经过的事实，也不复能记忆了。对于自己的将来，更没有完全的勇力去筹画与思索，只有久远的过去的旧迹，却于这个夏日的黄昏中，盘据在他的心里。他迟疑地坐在破屋将要倾圮的檐下，看看满园中似乎蒙了一层黑纱般的迷惑与恍惚。空中的云影被刚出的细而弯弯的月光映着，似乎得意地、骄傲地正在嘲笑他。在静悄的境界里，他开始听见亭下的鸣声，就在他的足下的乱草中。他不禁呜咽地将头俯了下去。他几乎听到他的心底的啼声了！他似乎看见有许多狞恶的怪物，追逐着他，将他逼到一个黑色而迅流的深渊中去。他这时久经燃烧起的情绪，都止熄了，使他想到赌窟与秘密会所中的生活，都如在地狱中过去的一般。但他又这样想："人们谁不是终日在赌窟中生活？成日拿了生命去赌输赢啊？谁曾不在秘密中过生活呀？"这样想着，似乎可以将他的痛苦减少些，但同时，他总觉得他的母亲在身旁用爱怜的眼光，忧虑地看他，他再不能忍耐了！便跪伏在破屋前面，在静无人语的园中，他禁不住沉默的压迫与月光的爱抚，他狂笑与愤怒的眼泪，又重复涌流出来！

久经酒伤的肺力，在他可说已全部的损坏，这时又咳嗽起来。虽在夏日的晚上，他却觉得有点寒冷了。已经虚耗的体力，至此更不能支持得住，并且连思索与忏悔的力量，也没得许多。园中的寂静，独有夜虫与蚊虻的嗡嗡的声音。淡明的月光引诱他，他的心思也渐渐地平静下来。他有点迷惘了，似是几岁的时候，母亲在怀中抚抱着他，指着月亮讲故事与他听的一般的安闲与温软。他伏在满了灰土的石阶上，忘了现在，忘了将来，只有久远的记忆偶发的憧憬，在他眼前复现一样。他赤色明厉的目光，也开始合起。

　　一个异境浮现出，在他的半意识中。冬日的风，吹在广漠的郊原里，积雪还皑皑地，映在溪谷中。何曾留心看过天上的景色，但是似乎暗淡着。远远的树林散漫地排列着，似乎还听得见路旁的淡流中碎冰相冲打的细音。他随着一群人，静默地在修长无尽的道中走来。极目所见，更不知这条长的道路，一直是通向何处？只是愈远愈狭，末后竟如一条青的线纹，远插在暗淡的云影下，虽是觉着散着冰粒的利风吹在面上，但他觉得全身，已鼓起无量的热力与勇气，在精神的感应中，他也觉得他的伴侣们一样也是如此。而且一群人中，有不可细为形容的面貌与态度。包括了所有人生的职业中的人物。而且有许多妇女，也随在里面。只是没有儿童。人人的面目上，似乎都有深重的忧郁与悲哀，也都有些病的颜色。在他呢，并不知随在这一大人群里作什么？去有什么目的？走了不知有多少路的时候，满地上仍然浮现着积雪的浮光，长道的无尽处，仍然如青的线纹一般地插在暗淡云影下。忽然人群中起了一种突然的骚动，似是寻得了已失的珍宝一样的喜慰与欢呼！人人顿然呈露出同样的希望与渴慕的颜色。他迷蒙的心灵，也骤然感到是他们的目的地达到了。自然，他也受了这种暗示，也感觉郁郁的心胸，似乎启开了。果然，他们同时在一个高岩的峻削的壁下立住了。全蒙了雪幕的山岩，在大道侧旁，看去再无路可通了，除非由这个高的山岩过去。白光映得眼睛有些眩惑。他们全然肃静了。沉寂地立定，都面向着雪岩半壁的一个窟穴真诚地跪下。他自然也随同举动，而且忽然感到，这是他悔罪与最好的期望的时候了！无数的男妇，都伏在冰冷的地上，如同受了催眠术一般地严肃与服从，几乎连气息都听不见。只是低头默祷。他的清白的心，在此时也酸咽地踌躇了，一边用真诚的祷祝，一边却觉得内心颤动了！自从他会说话时到现在的一切所经过的事实，都全然映现出来在静无声息中。他觉得自身在这片刻以前，都是在黑暗中行走的，都是在罪恶的渊中淘洗的，这时对着伟大不可思议与神秘的雪岩的窟，自感到痛苦与渺小了。至于雪岩的窟，有什么神秘的权力与赐予，他是不知道的，而且也未曾思及，不过却如对着上帝一般地畏悚与战栗啊。

他偷眼看看每个人的面部，都被怒号的北风吹得变成紫色，但并没有一个人离地起立。而且人人的目光里，都对着高高在上的雪岩的窟，从眼光中露出无限恳求与希望的光彩来。他们渴望着在半空神秘的窟中，有什么灵境出现，好安慰与赦恕，涮涤他们的"生"的罪恶，且也是他们祈祷与忏悔的证据。

在层层的雪堆中与惨淡的日光下，恍惚灵迹启示了！雪岩的窟中，走出了一个抱着四弦琴的白衣的老人，远的，很远的，然而老人的白衣上的金光，却分明地映射在各人渴视的眼光里。众人都惊愕了，如同幻化在仙境里。他一样也感到神秘的吸引，便将一切的思潮，全平静地压下。他于精神的感应中，觉得人人也都如此，而且只有比他更为真诚与希冀。老人渐渐从雪窟中走下，远远地听见悠扬与谐和的弦声，在雪上弹着，他觉得心中如饮醉了醇酒一般。如有无限的希望与拯拔，就在目前了！但也感到细微的恐怖。空中的弦声响动，怒号的北风，也同时停止。他突然觉着膝下滑湿，原来是坚积的雪融化了。他同那同来的人们，将各个的心灵，都似放在香软的花萼之中的甜美与安定！

老人从雪岩上下来，在距离他们还有六七尺高的斜坡上立着。在白发纷披下的弦声，更柔和悠扬了，似乎已将这下面的人类的心，都黏着上去一般！于是众人都喃喃地祷祝，他们抖颤的声音，从广漠的野中振动，都纷纷地宣述他们自己的罪苦与请求老人的救济！他们都觉得自己是渺小得如小儿一样。这时吁求神人的助力，给予他们以明光的烛，引导他们往前路上走去！他也是一样真诚的动作。在他与他的同来的伙伴的注视中，老人和蔼地微笑了。弦声更紧奏着，在清冷的空气中，在众人跪伏的上空，很有些悲悯与矜怜的韵味，在众人渴求与热诚的祈祷中，在这种奇异的境界，他自己感到非常的痛苦与悔恨。他自觉是多么的微小与恐怖啊！这时弦声清朗而沉渺，仿佛将跪在下面的人们的烦恼与痛苦，都从弦声上弹泻出。

雪光越发白了，溪谷中都似有风声的吼动，老人仍然微笑，而下跪的人们，经过长时的祷祝，与忏悔，以后也都感到喧呶是无用处的，不约而同地沉默了！但清朗沉渺的弦声中，似乎发出一种人语的歌词，切切地触到他们人人的听觉里。是：

烦恼之丝，将可怜的生物缚住！

没个，没个能破掉的在微尘的世界里。

屈辱的膝，只好跪在羞恼与失望的面前。

罪孽啊！有谁来安悦你？

如此啊，终久是流转的如此！

雪花终是晶明在雪堆里。

谁有权力啊，这样伟大的，

能玷污它的清洁，与拔除它的罪厉！

各人的心里，各人的灵思里，

终是饮醉了毒香的蝴蝶儿，

迷惘地失了归路，

只柔懦地栖息在荆棘——在歧路的荆棘

丛里。

我鸣着洗泪之歌，与清白的声，

这是啊，我的权力！

归路啊！归去！

要归到自己的荆棘的歧路中，去寻获你的

血污的心迹！

奇怪的歌声，每个字都深重与明了地透射到各人的心底，他们同时觉到自己心田中的泪痕，把他们周身都湿透了！浸掉在战栗、悲惨、失望的意境中！他们全体呜咽的声，将弦声来混合了，忘掉了！都深浸在迷闷里，似是有若干锋利的荆棘，刺透到他们的心中！及至他们醒悟过来的时候，老人没了踪迹，雪岩的窟更朦胧了，而弥漫山野的雪，重复坚结起来。一切，所有的一切，如初从远道处来时无异，不过清朗沉渺的弦音，还似是在冷冷的空气中波动。他这时第一个先感触到惊惶与失望！他来的目的，原不明了，但是在末后他的了悟性，竟比所有路遇的伙伴们都丰富而且深澈的。所以神的老人不见之后，他忽然如坠身在雪崖下的惊疑与惶恐了！他明明听见弦中的歌声，知道祈祷是无济的，求缥缈的神去掉他的罪恶，是不可能的。他想他将永远被抛弃在歧路中了！他苦痛的心，将永远永远为荆棘所刺伤了！他以为他也永远被圣洁的神人遗弃了！那是怎样苦闷啊！他在那片刻中，也迅速地将他畏惧是罪恶的事情，活动在脑子里！他痴望着高高的雪岩的窟，想道：

"我如今为什么来的？果然我的罪恶不可拔除啊！而且为什么连神人也不容我最后的忏悔？我母亲生我以后，

也一样如同别个儿童的天真与纯洁啊！酒狂罢了！因色情与人决斗罢了！一个可恶的光棍的打死罢了！诅咒与怒詈，无同情与骄伪的对人类罢了！可是我原来何曾这样！算得罪恶吗？算得不容忏悔的罪恶吗？他人的更大的罪恶，谁曾见过惩罚的？但我心中的荆棘之刺，终是痛着，为了自己，为了他人，但终是过于饮了毒酒吧！恶之花在我心底，终是没有萎败之一日！但何必哪！生长吧！发荣吧！……我微小的生命，与灵魂，竟被神人抛撇了！……"这时他失望与愤激的心中，因希望而狂妄了！并且极力地诅咒着，他再不想忏悔了！不想跪伏在传说与灵迹的偶像之下了！他只想凭着心中的火，要将世界来燃烧了！不过他一边想着，一边觉得心中，也真的刺满了荆棘的刺，有不可忍的痛楚。突然的回头望去，哦！一切的伙伴们，早已没得踪迹了。而北风的尖冷中，在他身后，却正有个人安祥温和地立定，用忧虑惠爱的眼光注视着他，那正是他在摇篮中时，所见的母亲啊。惊急与打击中的希望，重复照在他的心头，他勇猛地跪在母亲的膝下，觉得母亲用臂来围着他，似乎正为他抵御一切恐怖的事物，不至伤害他。他觉得有无量不可思索的悲酸与依恋，而羞愧的心绪，同时发生出来，而心胸的荆棘的刺，也全然的消失了。胸腔中空洞地，如无一物了。不知是欢喜还是安慰，但是神经已昏迷了！……迷惘中，无感觉中，就此突然醒悟。

破晓之前的天空，在园中满浮了玄秘与特异的景象。清露濛了的星光，分外润媚。杂花的香气，在清淡的空气里分外甜静。时有几个蚊虻聚飞之声，但也很微弱了。他疲倦与烦苦地醒来，身体上习惯了的痛苦，自从他投入烦恼的窟以来，为患难、艰苦、迫压、戟刺所锻炼的，不甚以为苦楚了。他恍惚醒来，还仿佛母亲在他身后立着，用忧虑与爱的眼光注视一般。他这时不恐惧，也不战栗，不懊丧，也不忏悔。他揉了揉眼睛，向笼了薄幕的星光望去。他觉得那是美好的世界所存在的地方。他觉得雪岩的窟，或者尚能有一天得投身其中。白天的打击与逃脱，他这时并不以为是幸福或是罪过！甚至所有他以前，从他因激烈与狂热的情感，开始燃烧以后的事情——放浪的事，他一一明了地记在心中，但他却不再去思索了。

他损伤与枯竭的心思，终于决定了！他知道，他此后，将要怎么做去。他平静地想过，也不再作思索。只是望着润媚的星光，似乎已经看到一个美妙的世界，在星光中浮现出。

　　破晓的角声，从远处悲沉地吹起，他方觉得有点夏晨的微寒。瑟缩地回顾，迷离中似乎他母亲还在身后立着用忧虑与爱的眼光注视着他！

一九二一年十二月

一栏之隔

　　是两年前的一个光景，重现在回忆之中。

　　春天到了，温暖美丽的清晨，正是我从司法部街挟着书包往校中去的时候。那条街在北京城里，也可算比较优雅别致的街道，可也是一条森严与惨酷的街道。看见街道的命名，便可想到这是个什么地方。大理院、高等审判厅、地方审判厅、威严的司法部，转角去便是分看守所。它们虽是威严，而铁栏里面，却偏有好多的花木掩映。紫色与白色的丁香，霞光泛映的桃花，在袅娜含笑的花叶中间更有许多小鸟，跳跃着，啁啾着，唱着快乐的春日之歌。每天都与铁索的郎当声、守门兵士的皮靴声、法警的佩刀声、进门来的汽车声、马铃声掺杂着，和答着，成了一种不调协而凑和的声调。无论谁，凡从那里走过的，都要向四面看看。卖零食的老人、售纸烟的小贩，以及戴了方翅穿了厚鞋的旗装太太，与下学归来的儿童，走到那里，也都要把脸贴在铁栏上向里望望，并且临走时放松了脚步，并非急急地走过。

我是他们中的一个，并且因为自然美的引诱，与每天的习惯，更是"不厌百回"地看。

有一天，刚打过七点三十分的钟，我就匆匆走出寓所。方出巷口，立刻使我的感觉落入了另一个境界。融暖轻散的晨风，吹过对面的花丛，那些清香又甜净，又绵软，竟把我昨夜埋下的胡乱思想，全部消融。只感到阳光的明媚，和人生的快乐，幸福。而且在这片刻的思想中，不知从哪里来的魔力，使我仿佛觉得真有个"造物主宰"，散布下许多快乐的种子，种在每个人的心里。脚步骤然间迅速起来，由对面街口穿过街心跑到西面来。啵啵的一辆红色汽车，从我身旁擦过，几乎没有将我撞倒，但我这时并没有半点恐怖与谨慎的心思，只看它在微动的街尘中驰去的后影。

"好美丽的花！"我心中这样想，我的面部却已贴近司法部大院前的铁栏上。只看见累累如绒毯般的紫丁香花，在枝头上轻轻摇曳。而耳旁却有许多音波正在颤动，这种音波，是从街上和小商店中传来的。

我正在看的出神，突然有个景象，把我的快乐观念打退了。哦！渐渐的加多了！那个自以为是首领的人，开始喊出怒暴的呼声。原来在丁香花中间，平铺的青草地上，我忽然发现了一群奇异的生物。他们穿了半黄半黑色的衣裤，颈上胸上，都带了铁链。他们也一样的很整齐，是衣服形式很划一的队伍啊。他们在春日的清晨，拂动着花枝，听着小鸟的歌声，来住在这所高大建筑的阴影下的花院里，努力工作。谁说这不是快乐的生活？比着那些成日在工厂里、街道上，作机械般的工作者，不舒服得多吗？这是我乍见他们这等情形的第一个思想。

他们在四围的铁栏里，拿着各种器具：帚子、铁锹、锄、绳索、木担、篓子，正在各按地位工作。他们没得言语，走起路来迟缓地、懒散地，没点活泼气象。他们真没受着温风的吹拂，没吸到清爽的朝气，更没尝过花香的诱惑？工作！工作！枝头上婉转生动的小鸟，似乎在嘲笑他们了。

是他们的几个首领吧？戴了白沿高顶的帽子，青制服，皮带下斜挂着短刀，还有种武器在手里拿着，就是黄色藤条。"笨东西！……哼！……难道只会吃饭吗？笨小子！……谁教你爱到这里来！……你的皮内不害臊吧？……"几个红面膛、粗手指的首领，即时怒喊起来。我听到了"谁教你爱到这里来！"这一句话，突然使我原是满贮了快乐的心，迸出一种刻不可耐的疑问来。"美丽的晨光，可爱的花木，谁也爱到这里来。不是这个铁栏的阻隔，我也愿到里边去，坐在草地上，嗅着甜净与绵软的花香，是怎样的快乐，更是怎样的难得的地方，在这人烟纷杂的都市里！不过是一栏之隔罢了，有谁不愿到这里来？为什么你要发这种问话？"我心中想着，然而他们——囚犯们，却悚惧不安起来！更谨慎、更殷勤地工作。草地上不多时便齐整了许多，洁净了许多，越发加添了花枝招展的美态与春日的光明。不过他们似乎没有感觉得到。他们的首领仍然是一份严厉面孔，监视的态度，像没有感觉到花香与春光的可爱。

然而我初出门的勇气与纯洁的快乐，到这时候，也渐渐降落下来。

哦！北边大理院里的大钟，发出沉宏的声，正打过八点。这种警动的音波把我从栏边唤醒，忽然想到我也有我的事呀。便匆匆离开铁栏，往南走去。而他们和他们首领的表情、面貌、言语、动作，一直使我在听讲心理学时，还恍惚在我眼前。

"人们的情绪与感觉的转移，是不可思议的。一样的明月良宵，为什么有的狂歌饮酒，有的伤心洒泪呢？一样的一种好吃的食物，为什么快乐的人吃之惟恐其尽，而愁闷的人不能下咽呢？……思想的变迁，由于所处地位的不同而有差异，而情绪与感觉，也不能一律。……"我在座子上，以先并没有听到先生说的什么话。忽然这几句疑问式的讲解，触到了我迟钝的听觉，我不禁暗中点头。继续听下去，却越听越不明白。揭开我的洋装本子看去，哦！原来他早已开始另讲一章了。

　　那片刻的经验又蒙上了我的心幕，天然的景物，与他们的面貌，又恍若使我置身铁栏之侧。

　　新经验的催促，却提起我的记忆来了。

　　方才经过的事实的余影渐渐暗淡起来，新显出了一个多年前的心影。冬夜月下，在清净与寒冷的乡村街道中，我仿佛听见喧呼欢喜的声音，杂沓的步声，追逐着、践踏着刀刃的相触声，哈哈！……哦！……啊哈的人语，带出可怕与骚动的意味。

　　那段使我难忘的记忆——

　　那年的冬日正是永可纪念的冬日。各处革命军报告捷音与独立的电报，新闻纸上不断的登载。我们僻远的乡村中也知道了这种消息。可是那时，我正是年轻孩子，偶然看见，不甚关心。不过觉得心境上有种新鲜与变换的希望！十月过了，十一月又到了末日。天气冷极了，乡村的道路上堆满了白色的冰雪，太阳每早从冷霜中升起，到了将近晌午的时候，方才明朗。有一天忽听得邻舍人家都说：我们的邻近什么县城也独立了，县官跑了，有的说已投降了革命。其实什么是独立？什么人是革命党？大都说不清白，但人人觉着大的祸事与大的转变都是不可免的了；也要在我们的地方出现。又一天，忽然有人说：县城的北门楼上也悬起白旗来了。这个消息，迅速的传出去，乡村中人人都有绝大的惊异！后来的消息更多起来。募兵，捐款，修筑城墙，要人人剪去发辫，这都是乡下人做梦也想不到的，弄得人人不知怎样方好。其实他们也并不害怕，只是如堕在迷网里，不知是怎样的一回事！末后，更有一个分外惊奇的消息散出，说是县城里的狱囚都全行放出，一概免了罪了。

"他们出来作甚么？谁有权力能让他们出来？他们要上哪里去呢？"这是乡村中诚实老人们的疑问，是在茅屋中油灯下吸着烟悄悄的对话。

那正是传出末后的惊异消息的第二夜。当天还没有黑影笼罩的时候，在北风的怒号声中，却从我们那个乡村大道上，过去了百几十个人。其中似乎也有邻村的一些勇壮少年。他们有的斜披着衣服，有的带着棍棒与旧式的刀矛；有剪去发辫，却也有盘在帽子里的。他们冲着北风，从村中经过，有几个唱着"跳出龙潭虎穴中"的皮簧声调。他们过去以后，便听见村中的几个老人低声道："今天晚上，咱们得早早熄灯，关门，睡觉。这群……是去接牢狱中放出来的囚犯的。大约在半夜，他们同那些人，要由城中回来。"于是这一夜从夕阳刚落下地平线时起，我们村中就下了消极的戒严令了！有小孩子的人家，更恐怕因无知的哭声惹出祸来。早拣些好吃的东西，哄得不知不识的孩子们，伏在被底下作幼稚之梦去了。满街上只有明月的冷光，照着融化不尽的冰雪。什么声息也没了，如死的乡村之夜，寂静，沉默。我那时并不是很小的儿童了，同一个将近十岁的小表弟，还有一位常给我们料理点事务的张老头在一处。他是将近六十岁的老人了，他所经历的危险与到的地方，在左近的村子中没人能比。我们三个人，在我家靠街的书房中坐着，围了一个小小的火炉，燃烧木炭。惨白的月光，从窗纸上穿过。我的小表弟是前几日才来的，他幼弱的心中，在那天晚上，也受了一个迷闷的打击！大人的训令，使他不敢多说一句话。倒是张老头反倒精神兴旺起来。他觉得这等事，实在没有恐怖与戒严的必要。他吸着长杆旱烟，拈着胡子，正在拨弄木炭的白灰。他还时时低声说些他从前的冒险事，在山中走路，遇见盗贼打架……因此，我同小表弟更不想睡了。

张老头正谈得高兴，起初还是哑着喉咙低声说，后来他说话的声音，越谈越高起来。小表弟这时也忘了恐怖，开始跳跃起来。

甚么时候了，我们都没想到。

一种由远来的喧叫与狂呼的声浪，从夜的沉寂中破空而起。张老头的话突然停了。小表弟颤抖地拉着我的手，伏在我的怀里。

声由远渐近，仿佛屋子也被人声震动了！张老头不禁把双手离开了火炉。

狂傲的呼声中间杂些笑语，还有木器、铁刃碰撞的音响，从街道上传来。步履声杂乱而且急迫。"欢迎！……欢迎！……出了牢狱的伙计们！再不作栏中的人了！……杀呀！……哈哈！……"这种骇人的声，任谁听了，身上也有颤栗之感。小表弟伏在我身上，连动也不能动。声浪越混乱而扩大了。张老头轻蹑着脚步，从窗纸缝向外望去。我正想慢慢地拉他回来，因小表弟在我身上，他吓得那个样子，我推不开他。

一阵骚乱的喊声又起来了："……欢迎出牢狱的兄弟！……再不作栅栏中的人。……杀啊！……"又是一阵纷乱的走步声。越去越远，而欢呼的余音还震得窗纸发颤！张老头挪步过来，叹口气道："出了栅栏了，放出来！他们去迎接从牢狱中放出的囚犯。真不明白，什么值得这样的出奇！唉！什么世界？……怪不得我也老了许多了！……"那时我忽然想到牢狱中的伙计们，是住在栅栏式的屋子里。

直到如今，我才明白我的观念错误。原来欢迎者所说的栅栏正不必是一排一排的木桩堆列成的房子。

一栏之隔罢了！由这个春日之晨的新感觉，联想到童年的经验。

下课钟响了，我究竟不明白这一课的心理学讲授的是甚么。

一九二二年一月

警钟守

沉黑的密云下，一片红焰微吐的火光，弥漫在东北一片房屋的上空，映着灰色的天空，下缀着远望如嵌着散星的电灯中，现出一个奇异而惊怖的色彩来！

死气沉沉的冬夜，已是过去了一半。

都市中的犬，也丧失了他们守夜的本能。因为白天的光与黑夜的光，白天的声音与中夜的声音，复杂、混扰、刺激、喧嚷，无知的家畜，更那里有判别的能力。它们华美的，柔顺的，只是供在绅士们与夫人们的手杖下，与长裙边的有生命的玩物罢了。那些大的粗毛的猛烈而不驯顺的野犬，却一样也寄食在这个奇怪的大都会里，和街口上的叫化子争点残食。然而它们都一样是把在乡野中真纯的知觉与感动丧失了。它们在这个朔风吹得劲烈的冬夜里，各自寻它们饱食以后的生活去了，任街上巷里，有什么景色与声音，也不能搅扰它们安闲的，懒惰的，畜类的幻梦。

在古朴的乡村中，若有夜中的火警，你必定听得到锣声的连响吧！你必定听得到人们沿街跑着的急切而求救助的喊声吧！尤足以使你惊起的，必是无数的犬声，由邻舍的家中，不断的吠出。

然而在这个大的都会的夜里，正是各种声音在繁盛的地方开始喧闹的时候，而犬吠声，却从听不到。

远处，很远处的东北方的火光，渐渐升高起来，红的火星，也往沉沉的天空中射得越多，从夜色迷茫中细看，可见烟气的突冒。

一片大广场，场上已盖了一层白色的霜痕，在夜中也可看得出白白的细粒的光华。场的一角上，却有个木头的高大的建筑物，在一边矗立着。这是最静僻与最空闲的地方了。木头建筑物的南边——相距约有半里的远——却是一个枯苇遮住的池塘。

正是远处的火光射发的时候，这个地方是四无人语，也没有人从这里经过。在静默中，忽然有个急迫与匆匆的皮靴声音，踏破了这处的静寂。黑影中现出一个人身，飘忽地越过广场，他足下践的薄薄的霜华，在极静中有点细响。但不是听得到的细响。他跑到木头建筑物的下面，由他的黑衣的袋中，取出一个粗大的钥匙来，开建筑物下面的木门，由铁锁的撞动声中，可以见出他匆忙而着急的心思来。

不多时，他轻捷的身体，已在建筑物中间，四面敞露的螺旋形的楼梯上面。他由木架的当中，可以一步一步地由高处遥望四围的事物。但他在朔风吹动的木梯上，只是提起衣服，一直往上走去，并没来得及将他的眼光，从黑暗中往别处看去。一层过了，二层，三层。登登的脚步声音，越往上去，他脚底下的音越为沉重。转过第四层的梯子，只有五六级，他并步跳上去，已到了最高层的木顶下。他喘息着立定，方往东北的方向看去。他不禁从气颤的音中，进出一个"哦"字来，他说这个字，急促而且没有余音，并没有将这个字的后音说清。也或者是被半空中尖利的风，咽回去了。但是他为职务心与同情心的打击，便不自知的紧随着说出那个"哦"字以后，就开始用颤抖的手指，扯动最高层的楼顶上面的警钟。

原来他是一个守夜的警士，这个建筑物，便是为火警而设的警钟楼。

尖锐与凄动的钟声，在寒夜中含有混乱的声音，响了起来，开始打破了这一片空地的沉寂与静默。他一手扯动击钟的绳索，一手扶住木架。自己觉得高处的风，从领口与袖子中穿入皮肤，不禁打了几个寒噤。原来他自从用了自己青年的光阴，学习了警士的知识以来，关于这种事，还是第一次遇到。他往火光明亮处，用尽眼力望去，看看那兴奋的火光，从看不十分清楚的房子中喷出，忽而烟气散漫，忽而红焰直吐。同时，他的耳中，也似乎听得有些嘈杂与嘶哑的声，从火光下面传出。但是距离得很远，听去如听着隔了数层楼上留声机的微音一般。他呆呆地立定，虽在冷风里，尚不甚觉得寒冷。只是一片感动与惊奇的思想，将他周身括遍了，围住了。他似乎并没有觉到他是在什么地方。忽地从火星乱迸的火光中，遥遥看得一块大的东西被无量数大的火星与直冒的烟气冲起，上升到空际，并且即刻沉了下去。即时听得火光下面的人声，喊呼与骚动的声音，也大了一阵。他在这个警钟楼的最上层，陡觉得心上几次的跳动，身子闪了一闪，几乎没有从上面滚下去，左手的绳子，也不经意地放开。

突来的惊怖，使他在这时的思域，另换了一个境界，使他多年的记忆，作出一片过去的幻影来。

钟声断了，寂寂的广场，又复归平静。但空中的黑云，已降得很低，似乎要将这个高大的警钟楼全行吞吸去。朔风吹着池塘一边的枯苇，索索落落地响。他在这等景色与声音中，便不自觉地使自己潜隐的意识，重复记忆起来。

明月的疏阴影下，罩住一所临着小小溪流的茅屋。这所茅屋，在平坡上，是孤独的，四无邻舍的。茅屋四围，用荆棘编成不整齐而纷插的篱笆。有些开败了的野花，和枯落的黄叶，堆在篱笆下面，也从没有人去打扫它。那时月光已从远处的山峰射下，小小的天然的院落中，只听见些在墙角边的促织儿的鸣声。半明的油灯，映着石头筑成的墙壁，从黯淡的影中，教人看去，格外有些阴森的感觉。屋子中用石堆隔为两间，却似石窟一般。大石堆隔成的里间，在当地上，正有个四十多岁的妇人，坐在那里，含着泪，用手纺车，在那里纺绩。那种手纺车，是古旧的样式。白线缠在上面，她无力地用右手去转动把手，使得白色的线花在暗暗的灯光底下，成了奇异的圆形。燃烧着豆油的瓦灯，放在手纺车的旁边。而右边却坐着一个十五六岁的姑娘，正在用她破了皮肤的手，将线放在小小的木架上，缕成直而有条理的形式。石壁的外间，月光照的当地上，正横放了一口棺木。白色的木纹，映着月光，尚可看清。棺木的尺寸，并不很大。

无尽的旷野，全笼在神秘的静默中，独有这所茅屋中的灯光与妇人的叹声，及纺车的嘶哑的声音，各个单调的音相和成凄咽的合奏，来冲破这秋夜的寂寥。这个四十余岁的妇人，穿着很单薄而补缀的粗衣。灯光照着面容，已是黄瘦不堪了！她与她的女儿，各自工作着，各自照常地沉默。她的女儿，自从极幼小的时候，便已过着这种清寂生活，过惯了，自然就养成了她沉默的习惯。她们不幸的命运，任管如何，也非常明了，是没有什么希望，没有些许光明，足以提高她们这个穷苦而惨淡的家庭的生活。所以更是含了沉忧的泪痕，往心灵上藏贮。而三日前新遇的大不幸的发生，更把她们的心打碎了！

在没有言语的屋子中，突然有小孩子的哭声，由床上喊了出来。这可是一点生机呵！仿佛在墟墓中的陈死人，有复活的希望的一般的生之冲动！中年妇人的一线希望，对于全世界说，也只在此天真的幼稚的哭声中了。她还没来得及起身，那个姑娘早已从蒲子编成的圆形的坐位上，轻捷地立了起来，到床边将一个小孩子抱在她的膝上。一面用手拍着他道："弟弟！……弟弟！你做梦呀！……"她的母亲，却微微将头抬起，从纺车的音中，叹了口气，便又不住手地工作起来。她的女儿膝上的小孩子，就是她的唯一的七岁的男儿。他从甜静的梦中惊醒，坐在他姊姊的膝上，两只小眼睛，看着他母亲手底下的线花纹转成一个圆形。在他幼弱的心灵中，以为是个奇异不可思议的魔花，在他眼前乱转。他不知他母亲手底下的工作，是为的支持他全个家庭的生活的工作。他更不知这几日里他的亲爱而和蔼的父亲，是上那个地方旅行去了！不过他在前天，也曾见有几个穿了短服的人，抬进一个大的木匣子来，也曾听见铁与木箱撞打的不调和的声音，更看见他平日常含着笑容的母亲，也哭了起来。他在那时，不知是怎么的事发生，跑到里间，去找姊姊，却见他姊姊已经晕倒在床上的破被中间。

从那日起，他照常地在山下平坡中跑，照常地往树林中去，同着远处来玩的小孩子，去捉促织；照常在树林中一到了早上、过午，遥遥地看见那个庞大如飞的铁车的烟痕，在半空中驰逐。什么事都与昔日一样，完整的世界中，似乎并没有什么东西损失与缺少。不过每到远处小小的车站上的电光明亮的时候，却不见他父亲背着黑布的包子，拿着笨重的锤子，勇敢的步履，沉重地沿着铁轨，从山下走了上来。

及至他在树林中游倦了，跑回家去的时候，也一样觉得心上似乎有点东西忘掉了。而屋子中却多了一件大的木头作成的东西，放在窄狭的屋子中，太拥塞了，并且觉得有点使人恐怖！他每看见他母亲，姊姊，总是脸面上都有不干的泪痕。并且他们所穿的衣服的颜色，也似乎有点微微的改变。他是很聪明的儿童，他因环境上这等大的改变，也很奇怪地使他幼稚的心思添上重重的不安！他开始觉得什么事情，都渐渐有了变更！他也突兀地以父亲现在那里的话，问过他母亲，但母亲哭了，他终于不敢再问了！或者是儿童的心理作用吧！他这两夜的睡眠，便不如以前的安宁。

夜气深了，淡暗的灯光，也越变成惨惨的颜色。他再不能去安睡了。斜欹在她姊姊的膝上，眼光自然地每每向石壁的外间看去。他既不是感到寒冷，更不知什么是恐怖，不过总觉得渐渐不安起来。他也开始从细微的感触中，觉得他姊姊的身体，有些颤颤。窗外的尖风，由石缝中透过，将地上的油灯，吹得火焰乱摇。

寂极的恐怖中，他母亲的泪珠，便沿着枯瘦的面颊流下。

一阵风，从外面将油灯吹熄了，同时也听得门外有狂吼与劈拍的音响。而窗外的树叶子，也从干涩的音中，发出令人惊诧的声。他觉得他母亲湿而冷的脸颊.同他的额部贴住了！但他并不拒却，仍欹在姊姊的膝上。在三个人偎抱的中间，互感到颤抖与母亲及姊姊绝望的呜咽！

灯光没了，纺车的声音止了，只有这等微细的感觉与温热的泪痕，来留住这个凄凉恐怖之夜！

又是一个孤苦的境界，又是一种人生所历的漂流的浪痕。他的记忆，回转到十岁以后的生活。

母亲嫁人了，将他的姊姊也带了去。生活的逼迫，使得他母亲不能不弃了十年相守的山前的石屋与屋后的已有青草的坟堆。另嫁与一个在车驿上作运夫的鳏夫。她的嫁人纯由于生活的迫压，这其间并没有丝毫的爱情的关系。他后来并且也知道当他母亲随着那个赤面高大身量的人走出石屋去的时候，她惨苦的心中，是贮满了无穷的热泪与对于前途的忘忑！他自己呢，是寄养在他的舅父家里去了！舅父住的，离这个荒山的地方很远，须由火车去的。那时的事，他永远如在目前。红了腮颊的姊姊，蓬着头发，穿了粗蓝布裰子，却已将发辫上的白头绳，换成青色的。这都是遵从那位高大而赤面的男子的命令，因为那位男子，似乎有了新的统治权，与管理财产权了。

姊姊抱了他。颗颗的热泪，直往他嘴唇上滴下。母亲呢！正哭在屋后的坟堆上！

那是夏日，赤热的太阳，正晒的人身上发烧。舅舅——将近六十的老农夫——面容枯瘦的母亲，蓬发的姊姊，都立在那个高大而赤面的人面前。一边更有个形容很严厉、时常伪笑的老妇人。他们似乎是已经将猎物寻获得的胜利者，而他也知道亲爱的人都要去了！他将开始到一个生疏与辽远的地方去了！他未明白的童心中，也感得颤颤的，不知怎么方好！回头看见那个赤面的人，正自用斜楞的眼光看他，便觉得打了个寒噤，把要放声大号的眼泪，吓回去了。他在太阳的炎光底下，看见他那龙钟的舅父，面上全然为汗珠所占满了。并且汗珠，从他那苍白的下髯的尖端上滴下来。

从此后，他就住在舅父的农圃中，也有几个小的表兄弟，和农舍邻近的儿童，同他玩。吃饭也觉比从前较好一些了。不过他初来时，一些儿童们，都学着他的说话，或听他说话都远远地笑他。其实他听他自己的口音，和他们的言语，并没有很大的差异。

舅父家的人们多得很，他也数计不清。不过一天天，终是在广大的田野里忙碌。他自然也追随在后边，跟着工作；他有时想起山中石屋的生活，便去记忆以前的印象，却逐渐模糊起来了。

一年过去了。他有时也听得有人与他舅父谈话，似乎是说他母亲的事。他既听不明白，他舅父更不要他问询。不过在他这种白天打稻草，晚上吃粗饭的生活中，时常见他舅父看着他，唉声叹气。并且有时与邻舍的老人说起他母亲的事，便淌着眼泪。

至于他那时对于这事，自然也有些怀疑，然不半个钟头，便忘了。已把心思用到捉鸟儿与追野兔的事上去。但看看他那为生活所重压的舅父，却似一天一天地衰老。

在三年后的一个夏夜，他那时已经十二岁了。已经能替他舅父作很有助力的工作了。他已变成一个身体顽健而气力充足的儿童。那时候空中的飞蝇与蚊子，正在农场上作出讨厌的声音。满缀了无数繁星的天空，虽在夜中，也似有蓝光在上面浮动着。不可数计的树上的蝉声，总是不断地鸣着。他舅父的门前，也设了几个坐位。有许多在这个农村中作领袖的老人们，和他舅父，拉长了声音，作种种解除疲劳的闲谈。但听舅父的声音，却从倔强中发出干涩的声调来。

可爱的夏夜，正是农人恢复疲劳的良时。就是小孩子们，也捉着迷藏，唱着山歌，并没有去睡眠的。

突然一个奇异。出人意想之外的事发生了！一个异乡的妇人，蹒跚着到这样快乐的地方来。她已没有整齐的衣服，说话也没有气力，并且满身都有伤痕。一个奇异的打击，是她带了来的！于是喧嚷与惊讶的众声之下，都道："阿仔的妈来了！……阿仔的妈来了！……"而可怜的妇人，也便躺在地上不能动转，只有呻吟的口音。

第二天他才明了这事的真相。哦，三年没有见面的母亲，如今几乎成了包了皮肤的尸骸。平常好笑，与常向他小时的面上接吻的阿姊，竟已死了！且是死在火中！唉！何等的不幸！突生的惨剧！这一来，他多年埋藏下的记忆重复醒来。这一次，可给他心上永远划下了深刻的印痕，再也洗涤不去。

原来是这样的事，这是听他母亲卧在床上说的。母亲的后夫，是个性情凶暴而好饮过量的酒的工人。他营独身生活，本来惯了。如今加上两个妇女的分享，虽说有家室的快慰，然而竟把酒鬼养成的脾气来冲犯了。本来为快乐而结婚的，然那嗜好的迫压，却将他更变成一个暴厉而冷酷的人了。可怜的母亲，为着吃饭的问题，便又添上些烦恼。他是常常不回家的，或者常常由村镇中喝了酒回来，叱骂着，有时便卧在门外，同死狗一般。这样的生活，母亲同阿姊也过惯了，她们更不知怎样才好！母亲，因恨悔与懊恼的心思，不过二年的时间，已种下了难治的病根，伏在她那久历劳苦的身体中。但仍成日作奴隶的生活罢了。

就在这个使人惊恐的事发生之前，那天，母亲的后夫，从村镇中回来，已经是半夜的天气了。母亲同阿姊，早已因为困恼的疲倦，向梦中去了。那赤面的人，趁着月光颠蹶地回到家中，大约是口渴吧，便在她们卧室外的灶下，生起火来，弄水喝。这也是他过于酒醉了，竟不与平常一般。其实他在夏日，向来是饮凉水的。他过于醉了，不知怎的燃起火来，却睡卧在草堆上。于是火起了，母亲在梦中惊醒，由火窟里逃出，只是可怜的阿姊，竟然藏在火烧的茅屋中间。而赤面的人，也从此后不能再见了。母亲受了遍体的伤痕，好容易找个人将他送到舅父家。

然而没有十天的工夫，母亲也闭了眼睛去了！

哦，那死时的惨情，与母亲的悲伤而苦痛的呻吟声，使他完全记得！他寻思起来，便觉得无神而光弱的临死时母亲的眼光，向他流连着；凝视着，悲戚地向他看！

距那个时候，又是十年。然而他竟由荒凉的乡村，到繁盛的都会中，补了这个职务。

母亲啊！姊姊呵！苍发纷披的舅父！他们都作了过去的土堆中的人，人生的幕影，又过去几层。他想着他已入了一个凄惶与悲感的世界！唉，他却正升到冷冽与摇动的高顶的钟楼上呢！

一小时的几十分之几呵！旧事的幕光，活动起无数的图画，在他脑中转换。月夜的石屋，纺车的哑音；白色的棺木之一角，阿姊的温热的嘴唇，苍发舅父的叹息，伤痕赤肿的母亲的遗体，唉，思想与感觉，和非真实的触觉，都聚集在警钟上层他的身上与脑中。他忘了他的职务吧！忘了他所在的地位吧！并且忘了初上楼级下层的勇气与同情心吧！

眼界所及的火光中，人声的喧嚷，渐渐静了下去。火光也或者是熄了呢。耳旁扑嗤的一声，飞过一个小小的动物；一个营巢在楼顶上的鸽子的翅膀扑动的声音将他惊醒，无意识的手上所扯的钟，又复无秩序的乱响起来。

一九二二年二月

山道之侧

　　当我们由南口早行的时候，四月的早晨，东方还明着春夜之星，不过清冷的风吹在面上，也留下些夜中的寒气。北望重叠无际的山岭，都似蒙上了一层朦胧的晨幕，从轻细的感觉中，似有些清露沾在我们的脸上，但却不能看见。

　　这个早旅行，是我们来这个地方前就预定好的。本来由南口往八达岭，可以乘火车到靠近八达岭的青龙桥车站下来，再从窄狭山道，便可到八达岭的最高峰。不过那太安逸了，且不能从容地得到山中游览的兴趣，所以我们约定于那一日绝早，雇驴子爬山去。因为从南口到八达岭，要骑在驴子背上走多半天的山道，比较吃累，但在这艰苦的道中，可以细听鸣琴峡的流泉，游览居庸关的伟大残迹。

　　越过京绥路轨道，向东北行去，即时入了山里。浅涧中多是鹅卵大的石子，驴子走起来一颠一簸很吃力。我这时心中浮满着快乐与新希望！回望从南来的白色烟下火车的巨影，知道在这个活动的轨道上，又载了一些和我们有同等兴致的伙伴们来了。

润爽的朝气，已将无量数的山峰笼住。我在驴子背上，无意中嗅着山中清妙的香气，想是由萌发的草木与流泉上蒸发出来的？向前看，重峰叠嶂，突兀的石壁都分列在这条向上弯曲不平的小道两旁。同行的是我一位同学，和一个跛足的驴夫。他有四十多岁，穿件粗蓝棉布短袄，腰间用黄色草绳松松束住。虽在春天，他还戴一顶青里透黄的毡帽。光着脚，套双污秽的草荐子。因他的左足踝骨向外突出了一块，使他走起路来，便一拐一拖的了，幸是山道难走，即连长走山道的驴子也是慢慢的放它们的蹄声。他虽走的费力，却也跟的上。

初入山的小道，尚在山下盘旋，后来越走越往上去，两面高高的青灰大石积成的石壁中间却越发窄狭了。驴蹄踏着细石下的细流，喔喔地响。因一上一下的颠顿，我的大衣在驴背上掉下好几次来。多是跛脚的驴夫，由地下捡起交与我，而且他还精细地打去衣上的微尘，我心中不安地接过来，仍旧放在驴背上。他只是扬着他手中半段的皮鞭，口中喊出特异的声音，催动驴子的速力。一会他又唱起山歌来了，我不能完全懂得他的句子中的意义。山中没得鸟鸣，他这歌声，伴和着驴项上沉重的铁铃声，打破空山的沉寂。

你到过居庸关边，你便知道那些山峦是怎样的伟大与奇异。山上没有好多树木，而苍老的苔痕与奇突的石块却已值得使你惊讶。我爱山石上的苍苔与小涧中的细流。听着那些微细的水迸在石子上，像把自己的灵魂在其中清洗一样。我正自胡想着，忽一件意外的事发生：原来我那位年轻同学骑的那匹褐色驴子，被一块大石绊倒，那位同学便跌到驴子的头前去了。及至我下了驴背以后，他已起立，大声说驴子太坏。诚实怯弱的驴夫呆立在一边合拢了厚重嘴唇，忽然他拭着眼泪，呜咽起来。我问他，他说："我生平没曾被人打过啊……哇！……"我笑了，那位同学也笑了，我便拍他道："打什么呢？……你没看见那位先生早走了哩。"他一看，果然他那匹顽强褐色的驴子，早驼着那个好弄的同学，走在前面去了。于是他又呆呆地微笑了，他嘴角上松散的垂纹，重行收起。

阳光由最远的山峰升起，我们看见柳叶上浮着闪动的金光了。温软的光明山中罩遍，许多涧底下的小草，似乎也都举起头来，来欢迎这个四月之晨的日光。我们这时已走入鸣琴峡了。我觉得这里比地平线已经高了好多，可是连亘的高高山峰还没有断处。我看着早晨山中的景象：伟壮的岩壁，嫩柔的野花、日光，金光的柳叶，还有跛足的驴夫，与他的竖了耳朵步步往上走的驴子，使我十分兴奋！

"嘎！"前面的一个语声，从我那位同学的口中发出。他停在道旁一块三棱大石前面，我的驴子也到了。看他对石的一侧注视，我自然也俯着身子看。哦！原来是用铅笔写在凸凹石面上的一行字："某年某日，程某来游。"怪不得他曾说他可以作我游这个地方时的引导，原来他已来过。……跛足驴夫已催着驴子往前走去。我于是记起我的一句诗来："到底是迹象的人间。"在这条道上又多了一层游踪了。鸣琴峡的水流声是令人慰悦与想念的，可在刹那中便过去了。那时阳光已把全山照遍。约计走了二十多里的山道，我们都觉得有点疲劳，跛足驴夫可照常的一拖一拐跟在驴子后面。我们走上一个山岗，即刻又看见铁道在山下沿着石壁缘附着，远望白色的蒸汽，从半天中散下来。山岗中凹的地方，却有小小山村，不过十几家人家，一间临着陡崖的屋子，门前大石块前放了几条木凳，这就是山中小店了。我们下了驴子，坐在木凳上向他们要了些鸡子、白水，取出带来的饼干吃着，也分给了跛足的驴夫一些，他一边吃着一边打乡谈，同山店的主妇谈起来。

我们先前没留意右边大石块上早有一个人斜坐在那里，看去是个壮年男子。衣服却不和这些村人一样，穿了朴素的长衫，衔着一支香烟，沉郁的面貌从烟气中露出，我突然觉得奇怪，不知他是哪一种人。

但跛足的驴夫却时时偷看他，有时驴夫走的近前几步，似要同他招呼，终于止住。

野餐以后，我们都觉得春日的暖气袭人，加上半天疲劳，有点困倦。黄蜂懒懒地在山坡前的乱花上飞。两匹小驴子也把眼睛闭起来。山店的主妇敞开怀在茅屋门槛上坐着乳她的幼孩，孩子起初还呜呜地索乳吃，后来也没得声息。及至我回头看对面坐的那个壮年男子，正在草地上小步走着，眼望着山下的铁道。跛脚驴夫，还在一株大树荫下嚼着饼干，他的眼光不离开壮年的男子。我知道似乎有点秘密诡异的事情。后来壮年男子，见我疑惑的态度，便一直走来，向我道了一声晨安。多么奇怪，他说的还是英语呢。我思想上略一迟回，他微笑了。他说：

"你以我说外国话见笑吗？我看你们是从北京来的学生，所以我说这句英国话。我在北京住过几年而且伺候过密斯史吉司的。……"

密斯史吉司，必是他的主人了。这句话足以证明他在大都市中的职务。但他以为他的主人——外国的主人，我会知晓的。这时跛足的驴夫同半睡的店主妇都惊愕着，带有嘲笑的态度立起来了。壮年男子忽然不经意地向我们告别了。

他不再等我的答音，也不向跛足的驴夫与黄发的店主妇说什么，懒散地走下斜高的山坡。直到他的影子渐渐远了，我的目光才收了回来。驴夫也叹口气把两匹驴子牵好，催促我们骑上。这时我远远地见太阳照在山下铁轨上有种灿烂的明光。

春日上午的旅行，最容易使得人懒，况且是在山道中与颠顿的驴背上面。这时虽有温煦的日光与山色水声，却已不似在冷冷的清晨，能引动我们的兴趣了。我也开始有点懒困了。转过山坡又下到一条深涧，细石越多，而可走的道路却越弯曲了。跛脚的驴夫，一拐一拖地跟在后面，他仍是如同我们乍启行的常态，既没见他分外喜乐，也不见他疲惫，他这种一切如常的姿势，已经使我惊叹！我这样想着，那位年轻的同学，又早将辔头一紧，往前面赶去。

跛脚的驴夫，一道上沉默着，忽然叹口气："少年人都是好往前跑，吃得亏了，又要埋怨自己了。……"他正任着那匹驴子自由疏散地走去，忽然有这两句话，禁不住我心中微动了一动。他在后面一面喊出奇怪声催他的驴子，一面却又道：

"人最好要一辈子在山里过活，像我们吧，这条山道，从十几岁赶驴子走到现在，我的侄子也同我那时一样高大了。若把我用火车运到京城里去，我想着那些弯弯折折的道路，比这个地方难走得多呢！"他的舌音原有些不清，又加上几句土语，我就仅答了他一个"哦"字，他很兴奋地扬起鞭子照着自己拍了一下道：

"就像他吧，就像方才在店旁的小伙子吧！……"

"谁？……"我问他。

"谁？那个壮实的小伙子，在店前走的那个。他若在家里，种几亩山地，到冬天吃些白薯；也够自在的了。不知怎么从小时候跑到京城去，还给洋鬼子当差事，每次回家来说些怪话，人家都愿意去问他，我就瞧不起。果然……自上年回家过节把鬼带在身上了。……差事坏了，只剩下鬼在他身上，早晚就迷死他！……我可不是诅咒他，有那一天的。自己要找受罪的地方罢了。……"

他讲着，他的跛脚似乎增加了健强的力量，已走到驴子的身侧。我虽不知道是怎样的事，因此却把我的疲倦战胜了。我一手执着粗绳子，一面看着他，像请他宣布出这段秘密一般，他果然不等我再问他，就继续着道：

"那鬼是什么？我也不明白。不过是他从北京带来的，是从洋鬼子那里带来的。不，怎么在我们这邻近的山村里从不听见过的事，也会出现？……他每到年除日的前几天就回来度岁，他住小村子，离我们那个地方不过隔着一条沟，也是隔那个山店不远的。他每年回来，到了正月初上就回去了。可是去年他来家却穿得格外漂亮了，他本来很会过日子，去年冬天，也穿上带颜色的袜子，头发分得平整光滑，也分外爱与我们说话。……在山村有经验的人都说他现在学得乖了，我也很奇怪。不过我每每在山道上遇见他，总觉得他的脸上另外有种颜色。哼，别人说他学得乖，我却说他学得坏了。……

后来果然出了岔子，不料常在京里混的人，倒被一个山村女人制住了。我常听得你们来逛山的人好说什么敲竹杠，可怜小伙子，被她可敲得苦了。……

"原来是这么样的事：在他那邻村里，有个装神婆的老女人。她学会得把式极多，能咒小孩子被魔祟；能用香和水给妇女们治怪病；能用桃木条子驱鬼。她的本事叫人怕，还得信。……他自从去年冬天，有病到女神婆家去求治，弄出这段笑话来。本来他不愿去，还叫他的邻舍怂恿着去的，有什么病呢？不过是忽冷忽热，仿佛疟子。这样他就在她家中住了六七天，这是去年初冬十一月以前的事了。后来他又回京城一次，没有二十天工夫，又跑回来，带了些吃的玩的东西，都送与奇怪的老女人的女儿了。"

跛脚的驴夫，断断续续说了这段话，我心中已有些明了了。这时我们因为说话走得慢了好多。我那位同伴，早转过一个山峰去了。驴夫把袄脱下搭在肩上，又从腰袋里取出粗竹旱烟筒来吸着。

"唉！那个女孩子也是鬼的托身。竟然与他带来的鬼合起来了。我自她五六岁时，就知道她只有那个奇怪的母亲。可是她到二十岁了，却不知她母亲的本事。她一样常在树林子里扫叶子，在家中纺线，与女孩子一样。自从认识了他以后，就变了样，常常在山下的石头上哭。他呢，有多日没回京城去，只是终天在女神婆家里混。谁明白老婆子从他手中用过若干钱？后来便拒绝他在她的家中，可是他托人去说亲，她也没有应过。……"

"以后怎么样呢？"我忍不住了，追问一句。

"事情果然变了，且是大的变了！

"就是今年的三月吧？先生，你想从去年冬天到现在，可怜的小伙子，不到京城去，也不做事情，格外要供给女神婆的花销，有几个钱全都用净了。……忽然有一天，女神婆把我邻村的老人全请了去，说是神的意旨，她应到大地方去了，还教大伙共凑一点盘费。我们听了，都十分惊怪！东村的教书先生，引用书本上的话挽留她，妇女们甚至哭留；但末后她说那是神的意思，若违背了，这几村中连一条狗也不得好死。那些听得的人，总得照了她的吩咐作去。我当时也明知道，可是我焉敢说破。……壮年的小伙子，他觉得实在太出意外了！他要求同她们一同到京城去，但那时他仅有一身破衣服了，她拒绝他，并且骂他不应该到她家里来……那女孩子呢，也与女神婆决裂了，且说她已有身孕，情愿跟着他过活。……女神婆却没有想到……女孩子几乎没有死去。……这样闹过了几天以后，什么事情都完了。我不知道女神婆是那天走的。但是听说那女孩子肚腹里的小的，被她奇怪的母亲硬打下来，丢在山涧里了。……男的呢，与那女孩子分开了！直到现在，女神婆与她女儿的去处没有人知道，也没人去探听。这是十几天以前的事。他叫奎元。他从事情决裂后，大约吧，每天总到那个山店前，看看山下火车的来往。……"

我静静地在驴子背上，驴夫一拐一拖地走在后面——在山道之侧，他把这篇故事，说到这里，便不言语了，我没再问，只是寻思这事的结局。忽然驴夫又叹口气说：

"谁明白呀？……我想总是奎元把鬼带在身上作出这样的坏事。大家都恨女神婆走的心狠；对于奎元，都说已经受过报应了。因为这事，他不会再有好生活了，死时怕也没有好结果。妇女们有的这么说，不晓得她们是怕呀，还是为了恨？……"

我听他说完，就详细地问他：

"奎元也有兄弟吗？"

"没，连父母都早死了。只有叔叔是个老实庄稼人。"

"出了这事以后他叔叔怎样？"

"常常靠在锄杆上叹气。"

"奎元不愿意再到京城去吗？"

驴夫微笑了："谁知道？"

我不问了，觉得无可再问了。驴夫说了多时，自然也就不言语了。一阵温风，吹来好些柳絮扑在面上。

那一日山游后，到了第二天，正在十二点钟，我们又由南口上了往北京开的车。忽然听车中人纷纷传说着昨天晚车到六郎像的石壁下轧死了一个人。穿着布长衫，蓝丝线袜子，车到的时候他恰好从石壁滚下来，这样就完结了！我记起昨天在山道之侧，跛脚的驴夫那许多话。忽然听见同车的一位白胡子的老先生道："年轻的人就这样不留神！……"一个少年带了轻视的态度说："尝尝这等死法倒也是一桩新鲜的经验。……"

一九二二年四月

微　笑

　　阿根从今天早上——从最初的曙光，尚未曾照到地上的早上起，他的生活的全体，匆促中居然另换了一个地位。

　　他现在已被三个司法警察，与一个穿了白色，带有黄钮扣的狱卒，由地方审判厅刑庭第二分庭簇拥着走来。他手上带了刑具，右臂上拴了一条粗如小指的线绳，而一端却在他后边走的一个紫面宽肩膀的警察手内，牢牢拿住。正在炎热天气的下午四点钟，他们一起出了挂着许多小木牌的地方厅门首，转过了一条小马路，便走入大街的中心，两旁密立的电竿，与街中穿了黄色夏服的巡警，汽车来回如闪电一般地快，满空中游散了无数的尘埃，一阵阵只向阿根眼、鼻、口中冲入。而他那几乎如涂了炭的额上，流下来的一滴一滴的汗球，流到他的粗大的眉毛上，他的手被热铁的刑具扣住，所以臭汗与灰尘，他也无能抵挡，只是口里不住地气喘。那三个司法警察，却也时时取出汗帕，或脱下制帽来扇风。而拴在阿根右臂上的绳子，三个人却交换的拿住。这在他们是彼此慰安与同情的表现，不过阿根却咬了牙齿，紧闭着厚重的嘴唇，梯拖梯拖地往前走，没说一句话。

大街旁的一家小烟酒铺，他在半年前的冬夜里，曾来照顾过一次。那夜有极厚的雪，将街道铺平的时候，他由墙上挖过进去的。一个五十多岁的老板，那时正在柜台上打着长列的算盘，对一天的出入帐。他蹑着脚走，由一间茅棚下，到那老板的卧房中去。门虚掩着，他从门缝中往里看去，一盏油灯，放在一个三条腿的木桌上。由东墙上一面玻璃中，却看见床上的人，正闭了眼睛睡熟了。他在门外，束了束腰带，向衣袋里摸了摸那把匕首，便推门进去。……取了抽屉中藏着的十二元现洋，一叠子铜元票，塞在怀里。……听听外面的算盘子，还在响着；而且那老板咳嗽吐痰的声音，尚听得见。他觉得还有点不舍得就这样走了，轻身来到放了半边布帐的床前；这一下，却把他惊呆了！原来那床上，一床厚厚的红被窝下，露出的一个二十多岁的妇人的面

庞，一头多而且黑的头发，松散在枕上；看那妇人，细
细的眉与肥白的腮颊，不由使他提着的心，跳了一下！
他想：这是什么人啊？老板的太太？我是见过的，又那
里出来的这一个？他正迟疑地，不忍的就走，他也不想
再取什么东西了；他不觉得渐渐俯身下去，与那睡熟的
少妇的脸，相隔只有二寸多远，在不甚分明的灯光底
下，他便觉得有点说不出的悲哀与惶恐来了！他想怎样
办？……一阵绒拖鞋的声音，由外边走来，他突然醒悟
过来，跳了出来，又把房门掩好，躲到门外的堆了木柴
的廊下，借着一堆柴木隐藏住自己。果然那个喘哮着的
老板，走了进来，踏着地上的雪，走到卧房里去。他仍
然不敢挪动一步。北风吹在脸上如针锋一样的尖利，他
不敢少动一动。

　　喘哮的老人的笑声……灯光熄了……又听见妇人的
梦语……他觉得再也不能蹲伏在这个孤冷的檐下，而心
想着室内床上的温暖。但听见老板尚未睡着，甚至后来
两个人竟说起话来，他仍是在风雪之下抖颤！两条穿了
破裤的腿，如蹲立在冰窖中，却还不敢起来。

　　"才来呀，来占人……家的热被窝……"

　　"小东西！……人还是我的呢！……好容易从小

买来，养活了这么大……好呵！……连这点还不应该吗？"

"有胆量向她说去，别尽在我身上弄鬼咧。"

"你放心！……再有两天，将就可以了吧！她又没人管，顺子还在别处呢，你那管这些事。……哦！我在外边，算了半天帐，手也麻了……暖些吧！……"

……下面接着妇人格格的一阵笑声，阿根这时，不但忍不住身外尖利的冷风的抖颤；并且也按不住似乎妒忌与愤怒的心火的燃烧了！他更不想有甚危险，从柴堆后面，爬了出来，走过向东的一个小院子里去。好在风大，而且室中正说得有趣，也没曾听见。

不过当他由东边的院子往外走时，还听见一个仿佛老妇人的呻吟声，在一间小屋中发出。阿根于那一夜里，得了一种异常的感觉，便不想再取什么东西，速速地走出墙外。

这是当阿根被警察带着去到街市一旁的那个小烟酒铺门外，所记得起的，他早知那个老妇人，已经死了。他想这许多情形，在一瞬息中，比什么都快。不过当他斜眼向那个铺的柜台上看时，却不见了那个黄牙短发的老板先生，只有一个十四五岁的童子，在门口立着看热闹。

他在这一时中，便记起那个松垂了头发在枕上，肥白的少女的脸，他觉得有无限的感慨！及至将目光看在自己的手上的刑具上，不免又狠狠地咬了咬牙齿。

原来由地方审判厅，押往模范监狱的看守所，还隔着好长的一段路。阿根自早上九点钟，被人抓进审判厅去，直到这时，走在碎沙铺足的街道上，一共有七点钟的工夫，他不但两条腿未曾曲一曲，就连一口冷水，自昨天夜里起，也没曾沾到嘴唇上，不过他却是天生的顽健，始终不说一句话，不曾向那些庭丁、警察们，少微露出一点乞求与望怜悯的态度来！其实呢，他既不恐惧，也没有什么感动，虽这是他第一次被人拿到，用铁的器具，将他那无限度的自由限制住。不过当他无意中，重经过那片烟酒店时，想起去年冬夜的一回新奇的经历与冲动的妒愤，突然使他有点非英雄的颤栗与悲戚的感觉！他如上足了机械的木偶，跟着那四个与他同来的伙伴们走。然而他心里，正在咀嚼着那个白布帐下的头发香味，与教人不能忍按得住的润满而白的脸。他想到这里，似乎把他原来的勇力，与冷酷带有嘲笑的气概，失却了一半，脸也觉得有些发烧，虽是他的手不能试得着。

　　忽地身后一阵马铃的响声与有人叱呵的音，三个警察将他用力地向左一推，便有一辆绿色而带着许多明亮装饰的私用马车从他身边擦过，一个马夫穿了黑色的长衣一边喊着"让道"的粗音，一边却向玻璃车窗内瞧。在这迅忽地驶过的时候，阿根早已看明车中斜坐了个将近三十岁的妇人，穿了极华丽而令人目眩的衣服，带了金光辉闪的首饰。当马夫往内瞧时，妇人活泼的目光，向他作会意的一笑……在一转眼的工夫，马车已走出有十余步了。阿根心里却道："不知耻的淫玩物！……还装什么人呢？……那里及得上……"想到这里，又记起去年冬夜所听到老妇人的哭声，他便恨恨地想："该死！……人类都该死！谁是个人啊？满眼中都是些巧言与伪行的鬼！……魔鬼！我当然也是一个……设使我再有出来的时候……哼！"这个哼字，本来藏在腹中，但这时却不意地由口中冒出，执线绳的警察，从早上本没有听他说过一个字，这回听见由他口中迸出来这个简单音，不免吃了一吓，向他注视着。阿根那愿受人这样，便用大而有红斑的眼睛，对着这个警察威厉地看，这个警察便低下头去了。

　　太阳尚未落山之前，阿根被人收进了玄字第五十一

号的屋子中去，一间小而又黑且阴湿的屋子。阿根的视
官与鼻官，是再灵敏不过的，所以他一进来，便觉得从
湿漉漉的地上，有种臭恶的味冲上来。他知道没有他分
说的余地；并且这间屋子，想是一定和他有缘，他索性
狠狠地呼吸了两口，仿佛吐气，又仿佛对于人间威权作
消极的反抗一般。他只觉得少微有点眩晕，却也不见怎
样。然而同他来的警察，都掩了鼻子，快快地为他卸下
刑具，命一个人来，教他急速将半黄半黑色的衣服换
上，便如逃脱般地走去。两个白衣的狱卒，向他严厉地
交代过几句话，与明天的工作，及应守的规矩。但阿根
那曾睬他们……不久，两扇铁栅栏门，砰砰地锁上。

阿根自从进来，坐在那潮湿的地上，横立着腿，在
一边虽有个草荐，他也没管。

将落的阳光，从西面射来，常是阴暗的屋子，比较
得明亮了些。一棵槐树的阴中，有两个蝉儿争着唧唧地
鸣，隔室中只听到有人叹气的声音，又有抽抽咽咽的哭
声。阿根冷蔑地动气！自己想道："没骨头的狗男女！为
甚这样无用？你们饿了，只知偷吃，冷了，只知夺人的
穿。兽一般地性欲动了，便去污人家的妇女——我自然
也是一样，不就是去贩私货，伪造货币，吃了官司却这

样蝎蝎螫螫地。没用的东西们！你们甚事都敢作敢想，只是不敢报复！……只有在这没人管的地方哭，守着拿藤条的人们，免不得又狗一般地趋奉了！……"他一面想，一面咬牙，禁不住砰的一声，用大的拳头向砖墙上打了一下，他还没觉得怎么痛，而隔壁的人却"啊哟"了一声。

夜色来了，一切的黑暗都开始向无尽的空间，散布它的权威，而毒热却越发令人受不了。

过了一星期后，阿根也居然过惯了这种生活，每天十点钟的工作，两餐的粗饭，虽这样忙，他却并不感什么痛苦。只是他脾气，常常是不守秩序和好反抗的，因此免不了惹怒管理他们头目的嘴巴。阿根却也怪得很，有时头目怒极了，打过他几下之后，他明知不可力抗，反而用自己工作的手，丢了器具，自己打起自己来。惹得那些罪犯都忍不住大笑起来，那个头目也看着好笑，而在他自己，也不知是存了改过，或是加痛苦于自己，以作权威的抵抗的作用？但打过之后，他反将嘴边的筋肉紧紧的突起，更工作的快些，手里的斧，砍着木头，更响得声大些。

他是在这里边习木工的。

在监狱中，是都知道的，不能如平常工厂中一样。每天除了吃饭，与午后休息一小时之外，是不准住手的。每早上和散工的时候，又要搜查身体，在晚上仍然要带刑具。管理的人，究竟不比罪犯多，所以他们虽在工作的时候，手是活动着，脚上仍然有铁链系住——自然只限于罪情较重的犯人——侥幸阿根还没有这样。因为他所犯的是盗窃罪，还不是强盗犯呢。

不过他常常在心里骂那些罪犯较重的人，因为罪犯愈重的人，看去都越见萎弱而且怯懦的不得了。阿根虽恨那些人，是没骨头的东西，但他却不明白他们当初犯罪时，何以那样的大胆，现在竟成了猫窠中的鼠子呢？他的知识，当然不能告诉他这是什么原因。他直觉着嫌恶他们，他却不再去深思了。

几天之后，他对于这所谓"模范监狱"中的人与各方面的情形，约略知道了一些。自然并不十分清楚。他的同伴们，只知道手不停地作工，在阴湿地上睡觉，吃头目们的藤条子，虽住上一年，所知的事，与阿根比较，并多不了许多。因为头目们的监督，他们是向来不敢说这些事的。平日工作、睡觉、吃饭，如上足了机械般的忙。即在星期日，虽有过午的半天的闲暇，而典狱吏，却派了两个人来讲演，给这些穿了半黑半黄的衣的男女听。讲演员为每月取得几个钱，罪犯们乐得有半天的休息，谁还管谁，自然讲的是虚伪的鬼话，而听的也是听不进去的。然而在模范监狱中，这是个应有而且体面的事件。

当讲演时候——只有这个时候，他们可以聚在一起，彼此见面。男女当然有别，而监狱中尤属严格。因为管理的，或作监狱定章的起草员先生们，以为罪犯天生的"性恶"，身上具有传染人的罪恶之菌。所以认为凡犯这一种罪恶的，那末，其他的罪恶，当然也埋在他们的身体里。认为这些人的心，仿佛特别奇异。因此——也许是另有原因，男女的界限之严，在监狱中，比较中国其他的任何社会的阶级里，更为厉害。

一天恰是阿根入监狱的第二个星期日的下午，照例他们男女罪犯，一共约有三百人左右，一齐歇了工，由头目们命令着，每十个人立成一排，两个执藤鞭子的人，前后监视着，男的在东，女的在西，如上操般地站定。而空场的四围，站满了看守监狱的兵士，各人枪上上了刺刀，围在他们外面。有一个似乎高级警察的头目，同了几个典狱吏进来。不多时一个四十多岁留了两撇黑胡子，穿件蓝布大衫的人，立在场子正中。喊起粗哑的大声，在那里宣传道理。罪犯们固然听得莫名其妙，那几个典狱吏，却像不耐烦地在草地上踱来踱去，衔着香烟，同那个高级警察说闲话。

日光晒得草地上碧绿的小草，都静静地如睡着了一般。在不高的空中，时有几个飞虫与蝇子飞过。有时兵士们，在地上顿得枪托子响。蝉儿在场中几株大柳树上，也似乎来凑着热闹，叫得不住声。

谁没经过无聊的时间呵，那真可说是最无聊的时间了！戴眼镜穿长衫的典狱吏们；额上时而出汗的高级警官；奉命令而来的兵士；为面包而作机械的狱卒们；瞪着无神的眼光，扯开喉咙乱喊的讲员；几百个奇怪服装与疲劳的罪人，都同时上场，演这出滑稽戏。他们的心，各自想着，各自听着，或者闭了眼睛立着，同牛马般的假寐。但法定的讲演钟点没到，所有的人，只好立在空场上面，彼此作无同情且仿佛互相嘲笑而冷视的相对。

这一天阿根排在最靠近东边的一排的后头，再过七八步便是女罪犯的立处。他们男子和妇女比起来，差不多有十五与一的比例。所以在那面的女罪犯，也不过有二十几个人。但是其中除了一二个老妇人之外，二十至三十年纪的妇人，却有二十多个。阿根这时在无聊中，却引起他观察的兴致，看那些妇女的面貌，多半黧黑枯黄，蓬散了头发，也穿着特制的衣服，很少有个齐整俊俏的容色的。阿根心想，这些柔怯的妇女，也竟然到这里来，实在奇怪得很！他一边想，一边又探过头去，却忽然看见一个皮色较细白的妇人，正望着演讲人，似乎叹息般地点头。阿根有点奇怪！而且看她不像极穷苦的人，便忍不住咳嗽了一声。果然正在点头的那位女罪犯，也转过脸来，向他这边看了一看。阿根看她的面貌不像那些女犯人的凶恶与枯瘦，皮肤也没有凹凸不平的缺陷，与红的肉纹在脸上。她和别人同样的打扮，挽了个蓬松的髻儿，在脑后边，虽说是没有油泽，满了灰土，但明黑且多的头发，可以想象她在未入狱以前，是个极修整而美观的妇人。尤其使阿根生一种奇怪的疑问的，是她两只眼光，比别人明大，看她在这一群女犯人中，差不多是年纪最小的。

当那个妇人，回头来看见阿根瞪了两个眼睛，正在瞧她，她却若不留心地微笑了一笑，从口角边的陷窠里，现出无量的安慰来。然在这一时中，她却又回过头去了。阿根直到夕阳下落之后讲演完了，他的目光还是紧钉在那个妇人身上。照规矩，他们是不能说话的，而且男犯人和女犯人，并不在一处工作，一处休息，所以这日演讲完后，便各回各人那间如蜂窠般的阴黑的小屋中去了。

阿根无论遇到什么危险，向来他的肚腹，没曾被恐吓得停止消化过，而且他的食量，比别人分外大，所以每天在监狱中的餐室里的那份馒头，他永远没余剩过一个。每逢吃饭的时候，分作几间屋子，每屋子外面，虽有几个白衣的狱卒，与兵士看着，但在室内尚可彼此低声说话。但不留神，被头目们听见，那末一顿藤鞭子，是再不能免的。但是这些剥夺了自由权利的人们，仍认为这一时是彼此可以谈话的机会。除此之外，作工的时候，不要说彼此谈话，就是偶然住了手，看一看，那些生来不饶人的头目们，不是踢打，便是恶骂。起初阿根仗着自己的硬性，犯过几次规矩，管他的头目，照例责打了几下。但他没觉得什么痛苦，仍然不改，后来那个翘了黄八字须的头目，气极了，禀明了典狱吏同了几个少年的狱卒，将他着实厉害地打了一顿，阿根竟然两天在阴暗的屋中卧着，并且罚了两天的饿。从此阿根虽是常常咬牙，但却吃过藤鞭子的厉害，与饥饿的难过，也安分了许多。只是他常常对人们起一种毒恶与复仇的反抗心！管狱的人们，也看得出，不过除了暗暗地防备他以外，也没有什么好法子。他们知道打骂的厉害，但对于阿根却不能不有点节制，所以对他虽然比较别人严厉，但也不轻易去招惹他。

自昨天在空场上，阿根无意中受了那位女犯人报答他的微笑之后，连晚饭也不像每回吃的那末多了。只是胡乱咽下了两个馒头，便回到自己小而阴暗的屋子中去。心里闷闷地，是第一次触到这种冷寞的感觉！是自从他入狱以后——甚至可说入世以后的第一次呢。夏夜的清气，从铁窗中透过，这阴暗的屋子中，顿添了许多的爽气。时而有一个两个的流萤，在窗外飞来飞去，一闪一闪地耀着。阿根向来纳头便可睡得如死人般的，更不问在什么地方，不过这天晚上，一样一个极简单而情绪是属于单调的人，也不能安安贴贴地睡去。他觉得似乎有什么东西，在他身边烦扰他，他素来浑然的脑筋里，也似乎有什么刺扎着般的痛楚！地上觉得分外阴湿，由窗外过来的蚊虫的声音，分外使他讨厌，躺在热蒸的草上，过了一会，他便无聊地立了起来，由铁格的窗中向外望去。明朗的疏星，隐着由树阴中，透出灿烂的光，一弯瘦瘦的斜月，被那面的屋角遮了一半。遥遥地听见各个屋中，有时发出一两声叹气的声音来，有时还听得铁链在地上响着。突然一阵凉风吹过，将树叶吹得刷刷地响。他在窗下特别觉得有点悚然的感动！徘徊地在小而阴暗的屋中走来走去，他这时惟一的心，只是恨这个铁窗的隔阻！他无意识地用手摇动了一会，却猛然记起八九岁的时候，有天同了几个小同学，在河中洗浴——在夏夜里的河中洗浴，那时明洁的月亮，如水银般的光，流动在清清的水波上面。他们几个小孩子，在水中打着回漩，口里还不住的唱些山歌，一回儿母亲来了，才把他逐回家去。一会又想到初次做这活计的经历，他便觉得眼中的火花乱迸。因此这半日的工作，竟使他比平日慢了一倍，而且觉得疲惫不堪。好在今天查工的头目，也没有细细查到他工作的迟速，临停工吃饭的时候，他心里以为这一回可以幸免了几条藤鞭的责罚。这种心理，在平常的时候，他向来不曾思想过的，不知怎的，这天他也有仿佛懦怯与侥幸的心思了。

当他这几队同屋子吃饭的人，被头目们像押了猪羊般地监送到午餐的室中去，于是将近五六十个的一色衣服的囚犯们，都静悄悄地听饿肚的支配，去吃那一碗清水菜汤，与黑面的馒头。

　　每天与他挨着坐的，同桌吃饭的一位老人，头发与下须都很长了，高瘦的身材，与两个三角形的眼，高的鼻梁，右颊上还有如打上红线痕的一条紫瘢的老人，因他吃饭较少，每每将自己吃不了的一份，匀给阿根吃去。所以阿根，每天不至使肚子很空，全是这位老人的厚惠。阿根也知道这位老人，不是普通的囚犯，他是在响马群中，曾显过身手的好汉子。不过后来因在京中偷吸鸦片，被人查拿进来。他又没有钱作罚款，所以便在狱里坐了几个月。及至期满放出之后，有一天遇见曾苛待他的狱中的头目，便被他着实毒打了一顿，而且将那个三十几岁正在壮年的小伙子，打折了一条腿。他得到了复仇的快活，却不想又遇见巡街的警察，聚集了好多人，将他重行拿住，便判了个无期徒刑，押在这个狱里，已经有三年半的日子了。本来这所监狱，改良了没有几多年，他进来的资格，算很老了。所以人人都有点尊重他！就连管狱的人们，也知道这个老人的手下和他个人的本事，绝不是那些偷鸡偷狗的人可比的。老人也常常说，他们若不好好待承他，他虽死了，而在外边他手下的生死的兄弟们，无论如何也是要替他报仇的，因此那些人，更不敢，且是不愿十分难为他。

这天，他看阿根不但没吃自己余剩下的馒头，就连阿根自己那一份，也只吃了一半。老人不免有点疑怪，向阿根脸上细细地看了一会，趁屋子中没有监查的人们，他就同阿根低低地谈起话来。

"你的饭量，就这样么？好笨的孩子！无论怎样……"

"刘老，我今天才知道人生的感触！"

"小东西！你知道的过于晚了……咳！你瞒谁都可以，我是不能行的。凭我这双眼睛……哼！……我什么事没经过……早早告诉我吧！"

阿根向外面望了望，没有动静，看看自己的粗木桌子上。别人没有来的，有一个病了，一个却是个聋子，只低着头在那里吃东西。阿根向老人望了一眼，似乎刚要说话，却又将两个张开的嘴唇，重复合上。老人如鹰明亮的眼，早已看明阿根心底下细微曲折的意思，便低头道：

"孩子你有什么意思，尽管向我说，我呀……在世上飘流了几十年，什么事都遇见过的，不像你只是见过些小的事。……"

"昨天场中的微笑，好孩子！还没觉悟过来吗？"

阿根不想老人早已看见，而且说了出来，在向来冷厉的阿根的睑上，不觉红润起来。他知道不能瞒过老人的，于是就细声将他自从昨天过午，在场中受过了那个女罪犯的微笑之后，一夜与倦于工作的情形，都告诉了出来。老人听几句，便点点头，在他那火红的腮颊，与白雪的髭须中间，似乎现出怜悯又叹息的笑容来。反使得阿根楞楞地不知要怎样方好。老人方要再说话，却不料吃饭的人，已全走了，而头目们又进来，催他们出去。阿根虽闷闷地，可失却了他对于强权的抵抗力了。

晚上，重复使老人与阿根，获得了一个谈话的机会，原来因在夏日，狱中的新定章，在晚饭后的一点钟，每两人可以在一处散步。每逢散步，是阿根与老人在一处。两个人在一处游行，仍然不能高声说话，远远地也有人督察着呢。

当然这两个人的谈话的题目，便是昨天晚上妇人的微笑。

老人开始便向阿根数说那位妇人的历史。

"自然我是知道她的，因为在这所房子里，再没有比我来的早的了。然而她来了也足有二年，她的历史，我早就知道的，你看她……哼！美人般的样子，怎么陷在这里边呢？"

"什么？"

老人低声，并且四围望了一望说："她吗，她是在长横街住的做布贩子生意的胡二的老婆。……我说你心觉得要奇怪，我为什么知道的那样详细，你要知道我在这个都会里，差不多有七八年的光景，谁家的事不知道。她是姓许呢，她在十七岁上就嫁与那个胡老头儿作二房。那时胡家尚有一个将近五十岁的一位正太太呢。但她是被她父母仿佛卖了过去的一般。……事情很怪，她去了不上一年，那胡老头儿的原配，于一夜中忽然死了。仗着胡家还有几个钱，便胡乱埋葬了。……你晓得这是什么事呢？……"

阿根惊讶的问："难道……不……"

老人目光正仰视着天半已渐变成紫兼蓝色的晚霞，听了阿根的话，便道：

"这有什么，小东西！你那知道妇人们心里？不但……后来胡老头儿还不是死在她那柔白的手上吗？……"

　　这句话说出之后，将阿根吓的立住了，老人却继续地道：

　　"实在告诉你吧，你想她是肯伺候那老头子，过一世的吗？世界上谁是傻子？饥寒与性欲，是一样的，谁说人是比狗猫好些？谁说那些坐汽车，与带了肩枪的卫兵的人，比我们更有理性些，更智慧些？人人都是骗子！我们也正在骗人呢！也或者我这时同你说的，也是虚言罢！但兄弟呵，你快不要将什么人类两个字，放在……再同你说罢，她的确是将那胡老头儿毒死的，因此就被押进来，不过究竟没有找到确实的证据。所以只是有重大的嫌疑，而且又没人给她出来辩护。胡老头儿的本家的几个侄子，又是素来为她所瞧不起的……别说法律了，她也是判了个终身监禁，就入了这个圈笼呢。"

　　"终身！……"

　　老人若不在意的笑了道："这也值得奇怪吗？不过她自从来了一年之后，居然另变成一个人了……这些话我是有一半是听见管狱的先生同我说的。"

　　原来这个资格最高的老人，也是在这几百的罪犯中的一个最有体面的人，所以有时管狱的人来时，也同他和和气气地说些闲话。

阿根越听越觉奇怪，初时是停了脚步，这回又恐怕在远处监视的头目们来干涉，便也一左一右的走，一面却打起精神来听老人继续说的话。

　　老人将颈上的铁链，摩弄了一回，便点头道："人原是能以变幻的，你想她是美丽，而能诱惑人的怪物吧！你想她是手段最辣心里最厉害的人吧！的确，是不会错的，但是你要知道她也是个最聪明最澈底与能看得破一切的妇人，那也真可算得是个奇异的妇人。她初进来的时候，也是成天的苦闷，甚至每天身上都有伤痕，她也从不改悔。不晓得怎样在一年前，她病了有一个月的工夫，几回死去的厉害的病。本来我们这里边，那月里不死上几个人，虽说也有例定的医生，那也只是这样罢了。但我后来方听见说，女罪犯中，有一个女医生……我想果真有高贵价值的女医生，谁肯到这里边，脏了身子？恰巧在她病的时候新换了一个由教会——你知道什么是教会阿？"

　　阿根虽是缺乏普通的知识，但教会两个字的意义，他还明白，因他在幼小的时候，也曾在高等小学里，读了两年书，所以也认得几个字的。这时听老人说到这里，他略将头点了一点，老人便直续说下去。

　　"由教会里，换了个女医生来，差不多每天都来给她看病。你想在这里面的人，谁不是为几个铜钱来的。平常医生不论病人的多寡，与病的轻重，只是每星期来，就如同点卯般地来上两次，下的药方，更是不问可知。独有这位女医生，对待那些女罪犯们，简直比她们的母亲还要细心些。后来因她病得厉害，于是女医生每天都来看视她。管狱的人们，看这样情形，反而倒不好怎么样说，只是似乎暗地里嘲笑罢了。……这样一连十数天，她的病好了，忽然她的性情与一切，都变化了，很安静地忍受从前所不能忍受的困难。而且从没有一句厉害与狂躁的话。有时她们说起她的事来，言谈中兼以讽笑，她也报以一笑，并不羞惭，也不急哭。这样过了半年，居然女医生和她打成至好的朋友。也竭力在典狱的人们面前，说她好，现在她竟比别的女罪犯们自由的多。而且命她在作工时，成了她们的头目。她自从……大约是这样受了女医生的感化之后，我听人说：她对所有的人，与一切的云霞，树木，花草，以及枝头的小鸟，都向他们常常地微笑。把从前所有的凶悍的气概，全没有了。……"

　　老人说到这里，使得阿根心里顿然清楚了许多，他顿然想起昨日那个俊丽的妇人，向他的微笑，不是留恋的，不是爱慕的，不是使他忐忑不安的，更不是如情人第一次具有深重感动的诱引的笑容，"只是这样的微笑罢了！"他想到这句话，自己不觉得有点惭愧！但却另换了一付深沉与自己不可分解的感触，仿佛诗人，在第一次觅得诗趣，却说不出是什么来一样。

老人也不再往下说去，只是在他那炯炯的目光里，却似融了一包泪痕。

一年之后，在这所模范监狱的石墙的转角处，走过了一个穿了浑身青粗布衣服、密排布扣的工人装束的少年。他手中提了一个布包，急急往前走。那时正是秋天的一个清晨，马路两边的槐叶上尚渗缀着夜中的清露，街上除了送报的脚踏车与早起推了小手车向各青菜铺中送菜蔬的人以外，没有好多人，而行人，便是类于这个工人的伙伴们，在微露阳光的街道上走。

这个少年的工人，无意中却走过路西的马路，横过了街心，走到一所巨大的铁门之侧，突然金色铜牌子上，深刻的几个大字，如电力般的吸引，将这个少年工人吸住，原来那六个写的极方正，且有笔力的字是"第

二模范监狱"。铁门上的白如月亮的电灯，尚发出微弱的
电光来。

他呆呆地立住，相隔有十四五步远近，看了这六
个字，不知有什么的思想，将他身子也定住了。他仿佛
要哭泣的样子，用两只粗皮的手，揉了揉眼睛，他便觉
得在这人间的片时——不期的片时中，有无限的情感与
酸辛的凄咽全拥了上来。他在这凝视的刹那中，在他以
前一生的大事，甚至于小至不甚记忆的事，都在他脑子
里掀翻起来，他想到自己以前的行为，他想到世人的冷
酷，他父亲的日日酗酒的生活，母亲乖僻的性格，他在
那一时候在小学校读书的顽皮，以及……以及种种无头
绪的事，都在这一时中，如波浪地腾起。他又紧接着想
起自己那天由这个门里进来，那天出去的……半年的监
禁期……白须老人精明的目光，与高大的声音，小屋子
阴暗的霉湿的气息，藤鞭子的。也正是在月夜下的一间
茅屋的后面，同着与他同行的人分赃物。他得了三吊大
钱，一件青绸女人半旧的夹袄，卷了一个小小的包裹，
在无生的墓田的松树底下，又害怕，又忐忑地，胡乱睡
了一夜。当他醒来的时候，月光虽斜在西面，而仍然照
得墓田中无一点黑暗。他却胆怯起来，听见身旁有个蚱

蜢跳在草上，也不敢动一动。……一样的冷酷而可怕的月亮，这夜又照见了他！他却由死人的坟旁，到了生瘥的窟里。他记得那夜的凉爽，那夜的惊扰与恐怖，与不安的情绪，除了在这一晚上以外，曾没有经过第二次的。

末后，他重复颓然地坐了下来，他的质朴的心里，也是第一次染上过量的激动，与悲酸的异感！其实他这时的心里，惟一记念而且不可再得的——他以为是这样，便是这日午后在空场中的和美的妇人的微笑。其实他何曾不知道自己，更何曾有什么过度的奢望，他所诚心忧盼的，只不过这么个微笑，再来向他有一次，仅仅的一次，他或者也就止住了他的热望。

第二天又照例的作了半天的木工，但他觉得手中所执的铁凿，约有几十斤沉重。手腕也有些酸疼。每一凿子下在木头里，特别痛苦……唉！"过去了，过去了！人只是要求过去罢了！但永远过不去，而且诚敬地著在我心底，而每天都如有人监视着督促着我的，就是……"于是他想起在那高大石墙里面，那一日午后，那位多发妇人——罪犯的妇人的微笑来了！神秘的不可理解的微笑，或者果然是有魔力的，自那个微笑，在他脑中留下了印象之后，他也有些变幻了。直到出了那个可怕的，如张开妖怪之口的铁门以后，他到了现在，居然成了个有些知识的工人。

但这时他想……想到老人说的"她是判了终身监禁"的八个字，他觉得每个字里似是都用了遍满人间之血与泪染成般的可怕，与使人惊颤！他想："微笑呵！……终身监禁！高大的明墙！……人与……自由！"这样无理解无秩序地纷想，他觉得这时心里乱的厉害，比以前铁铐加在手上，藤鞭打在背上，还要痛苦！忽然远处烟囱的响声，尖利地由空气中传过，他也不及再立在那里去寻他的迷了归途，与泪痕的战栗之梦，便在脑中念着"微笑！……终身监禁"的几个字，跄踉地走去。

原来这个少年的工人，便是半年前的窃犯阿根。

一九二二年六月一日，北京

自　然

　　她常常是这样的，每逢在群人聚会，或欢笑的时候，她总是好目看着天上轻动的浮云，或是摘下一片草叶子来，含在口里，眼中有点微晕的流痕，在那里凝思着，这天我们正在野外，开一个某某学会的聚餐会。正当我们将带来的果品食物吃完之后，各人谈着，而且欣笑地欢呼着，或者坐在大树的根上，或者在水边，看水中碧绿微动的荇藻。一起有男女会员三十多个人，都以为这天是很快乐而舒服的日子。正是新秋的天气，过午之后，还带有余热的日光，一丝丝金黄色的光线，射落在浓蔽的树叶下。微风吹着距离不远的一所旧寺中的铁铃，在半圮的塔上响着，在林中有几棵不多见的银杏树，也鼓动起扇形的细叶，槭槭地和鸣着。多快乐而清新的天气，人人都觉着有无限的欣慰，跑来跑去地说笑。

　　独有她仍是坐在这片森林的西北角上，靠了块大石，向着对面几棵树上彼此一啼一声鸣着的小鸟们，痴痴地看。我本来和她熟识，而且很知道她的，每见她这样，我觉得替她深深地担了一重忧虑！这回，我也在这个野餐会中，照例同一些人说了一会闲话，我心里仿佛有点事记起，回头看她的时候，果然又不见了。于是那重深深埋藏在我心底的忧虑，又重行荡落起来！我便转过一条不很平整的小道，穿过阴密的树林，转几个弯子，方看见她痴痴地坐在一块大石前面。

我走过去，在一棵数抱的柏树下，便立定了，也没说话。她似乎知道是我来了，但她还在继续作她痴想的工作，未曾动一动身。我便带了悲叹的声音，向她说：

"老是这样的孤寂呵！你看人家都是出来寻快乐的。……"

她如没听见地一般，眼睛里却有点红晕了。我更不能不继续我的话了。

"人在自然界里固然不可时时为自然所征服，但也不宜过于违背了自然，你看在这个清新空爽的野外，一切的自然，都是有待我们去赏玩的，涵化的，你终是这样的沉郁而惨淡，虽在这样新秋的野外，似乎这伟大的自然，并不能感引起你的兴趣。你的身子，又素来弱些，如此长久下去……"

我没有说完，她在痴望中，作勉强地微笑道：

"自然么？只不过骗骗小孩子罢了！"

这句话真使我过度地疑惑了！平常我也虽听到她好作绝对怀疑的话，不想她竟然怀疑到自然本体上去。我突然觉得我对于她的话没可置答了，她向我看了一看，点头叹道：

"你过于懵懂了！自然的花，只须开在独立的树上吧。你以为天半的云霞，郊外的鸟声，都是自然之灵魂的表现。不错的，然人类活在世上，不也是自然现象之一吗？然而人生的自然之花有几枝曾开过，几曾将自然的芬芳，传遍人间？罢了！再不要提起了，你看我只是小孩子吗？……嗳！……"

我听她凄咽而悲感地说了这段话，我不禁将头低了下去，我同时很懊恨不应该不加思索说出上面劝她的话来。因为熟知她的情形如我的，也会说出如同不关心而隔膜的话来。我更同时想到她的家境，她的深虑的悲哀，并她的无故的被人——被缺乏同情的人们的诽言。——的印象，同时在我脑中映现而筹思起，我真诚地悔恨我不应该说那些话。

夕阳斜挂在林外，几个小的飞虫，嗡嗡地由身旁经过，她仍然痴望着树林中，眼里红红的，我也没得话说。暂时的沉默。我觉得人生的痛苦，不必是在监囚与饥苦中呢，正不必是在绝望的失意与特别的境遇的，片时的无聊，而深锁着永久的悲郁，微末的感叹，包括了无尽的同情，人与人的中心的关切共照到深深的痛苦之渊中，这片时的不快，正足以抵得过长远的有形的锁链，来束住身体呢！

她用手巾，揉了揉眼睛，冷冷地道：

"我们，自然更是人们所嘲笑与轻侮的女子呵！若不知屈服与心悦的卑辱，那末，人间就要腾起谣诼的冷酷的讥诮声了。况且有些知识的女子，你如命她向恶毒的人间，作降虏去，不是更苦了么！什么？人的心肠，都几乎是冰与铁作成的。他们为什么只知在口头上作轻薄地冷酷地夸说与侮辱？他们都自命为知识者啊！……这也不必提了……一个人何尝能得以自然地生着，自然地任着天性，而能在满浮了灰尘的世界上立住呢！人谁能彼此作真心的慰藉！家庭吧，亲族吧，虚伪与假作的面具，冷淡与应酬的言语，够了，足够了，而伤人的火，就在足下燃了起来！……还说什么呢？何必向事实提呢？自然啊，只是草上的小虫，与叶中的歌鸟，或者尚能分享与发挥一点吧！人吗？……"说到这句，她便将许久郁结的心情，齐涌上来，将头俯在臂上，双肩有点震动，虽在平日她是不肯轻洒一点泪的。

我劝她什么呢？我这多事的来到。这回却使我踟蹰不知要怎样办了，其实我也正在深沉地感想着。回思着人间的片刻，片刻，所层积与垒集的事：曾经听到在流水的小桥上的微语，在牵牛花开满了的院中留连，由山头撷花归来，在街心中的迅疾一遇呵！生命的迅忽呵！细叶的松针，在静中彼此微动着。远远的坟墓，如怪物般地排坐着；鸟音婉啭的歌，野草散出自然的香气，过去了！永远地过去了！而痛苦与凄惨的印纹，在人生行程上，又深深地镌上一道了！无端的寻思，与因同情而起的战栗，似乎使我也无力再支持着在松树下立定的身体。

末后，她忽然抬起头来说："你快去吧！看人家找不到你，又不知编派些什么话了。人们都是有猜疑性的，而且无时不会放射出恶毒的言锋来，刺着他人，他感到痛时，人们就会放出狡黠的笑声来！其实呵，松针与鸟的朋友们，会知道的……自然……"她本来就想催我早走，但我正在草地上徘徊着，于是她又说了。

　　"不要再提自然的话来，我知道自然只是藏在鸟翼里罢了！我们在这等冷酷与权威布满的人间，快不要再拿这两个字来欺骗自己了。上月里，我看见一本小说杂志中，有人作的一个短篇说：'光明不能增益你什么，黑暗不能妨害你什么，你以何因缘而生出差别心来？'嗳！这人也太过于有平等观了。我不向世人生差别心，人家偏向我生差别心；而且过度生出猜疑与侮辱的差别心来。世界本没有光明的，而黑暗却到处都是，不久了，太阳落了下去，夜之黑暗，便开始张开它的威权来。也像我们生命的行程一样。这样没曾有同情的世界，哦！人们的差别心太多了！且太狠了！……我们在荒野中啼泣，向那里去找到自然……我的一切你是都知道的……说什么呢！……"

　　我觉得如烫人的热泪，已在我眼睑里流转了，我觉周身的热力之大，仿佛恨不得快将这个世界来焚化了一般。我便兴奋地大声答她：

　　"怯怕的什么！不埋向坟墓中去的时候，总有自由活跃的勇力，管它呢，人间的差别过重，自然是永永隐藏起，但终须向永远中用青春之力活跃去！……"这时我说话，竟也不像平时了。一个过分的感动，使我再不能忍得住。忽然由树后跳出一个人影来，笑着喊道：

"好啊，好啊！你们竟会在这里说闲话呢。"

我一看，才知是她的最好的女友密司林呢。她游戏般地说了这句话，便过去拉了她的手道："罢罢！好孩子，走呵！我同你去觅得自然去！……"

衣裙飘动着，她们走了。松针在静地里，刷刷地仿佛与小鸟们正自微语。

一九二二年六月五日

十五年后

一个绿衣的邮差在烈日——七月的烈日下，急忙地走。他的沉重的绿色背包中，在横写的CPO的布包里面，正不知负有多少的悲、喜、惊恐及使人寻思的使命。我向来遇到他们这样中的一个，便自然惹起多少的注意，与好奇的猜测。

这日正在过午的四点钟以后，沿着长而宽的马路，静静的樱树荫下，并没有多人来往，只有几辆推载货物的笨木车，发出吱哑吱哑又沉重又单调的声音来。虽有接续不断的电车，然而车上除了很稀少地，坐了几个人之外，并没有平日那末拥挤得立不开的形状，这正是在夏季中呢。在这样汗似流水般的午后，道中细碎的飞尘，在空中播散开，偶然被风吹到人的口中与目中去，觉得燥干的难过。所以即在这个地方的最好最整洁的马道国，也没人愿在毒热的太阳下走路。不过这个天天负了无数使命的邮差，却每天按照他一定的路程而且天天在这个阳光最毒热的时候，由这条街上经过。

这时，他一手拿了把黑色黄竹做成的扇子，在手中一扬一落地扇着，一手却伸入斜挂在肩上的布包，检阅他的邮件。或者他作这种神圣的劳工习惯了，虽是汗珠从他那褐紫的脸上滴下，他却并没有一点疲倦与怨恨的表现。他的足下永远保持着一定的速度走在火热的地上，转了几个街角，已经入了稍微冷僻的一条小巷中。他在右边第四门下——是新式的绿栅门，他按了按电铃，出来个留了短髭着黑色衣服的仆人。邮差似乎不甚注意般地便将一封很厚的洋式信，递给他，仆人看了一看，无奈上面横写的洋文字很多，于是他就不再细看，取了信重复将绿栅门关上。而绿衣的邮差也似将肩上的重重使命，减轻了一分，便顺着马路旁边的樱树荫走去。

一阵南风吹过，吹得碧绿的叶子，在太阳光下簌簌地响。

当这个黑髭短衣的仆人将这封分量很沉重的信，交与他的主人以后，这时那个负着分送使命的邮差，已经去得远了。这所幽静房子的主人，是个三十多岁的人，这时正在小楼的一角上，拿把极明亮的小剪子，修剪一盆安放在楼檐下的白枳壳花，他将那些被白色小虫曾经吃过的叶子，慢慢地一剪一剪剪下来了，幸而阳光被楼檐遮住，所以他并不十分觉得炎热。当那个仆人将信件递交与他以后，他在初时，也并不注意，那个仆人也就随意放在身旁的一个小竹子茶几上，便走下楼梯去。及至他将这棵枳壳花的病叶剪完以后，他方将信件拾在手中，一眼看见信面上那几个极飘斜而飞扬的洋文字，不用再看下面的文字，他便觉得有一个几乎十数年前的印象，如电影一般，映现在他的脑中。

在十年前，这位楼房的主人——这位面色微黑的男子——正在海滨一所普济医学校里读书，这所学校，是一位老医学博士，用他生平的资财建立起的，因为那位老博士在世界医学界上，还有点名声，他曾在一种极平常的物质上，发见过一种传染菌，又曾在外国多年。他是为事业而舍弃一切的人，所以后来他便在他的故乡的海滨，立了这所规模宏大的医学校。学校的设备，以及功课，及所请的东西洋的医学家，都很著名。那一时有志医学的青年，都由远处来此读书，而且几乎以这所学校，为全国医学研究与实验的中心点。就是这所楼房的主人，在那时还不满二十岁，也在普济医学校里修业。有一天，正当秋天来到的黄昏，后园里的檞树上的叶子，在轻散云下，簌簌地发出被海上秋风吹动的清寥的音乐。这位青年，他穿了一身白色校服，携了一本德文的剖解术详解，一边低了头精细地看，一边却自然仿佛不留意般在校中的草地上来回地走步。他于这天的下午，刚与几个同学在剖解室里实行剖解一个人的肢体——一个少妇的肢体。他们这所学校里，对于尸体的解剖，分外注意，从二年级的学生起便须实习解剖人体。他呢，已经是三年级的学生，实习解剖尸体，当然不止一次了。然而实行去解剖新鲜尸体，尤其是一个少妇的肢体，那的确还是以这天下午为第一次。当十数个目光沉着，面色严肃的青年，随同他们有经验的白发教师，将这个整个的少妇的身体，完全裸体抬在手术台之后，怎么去切断肢体，怎样去详剖内脏？一时在他眼光中，全是骨骸的切割，筋肉的微颤，与少年之血液的流滴……他随了教师同学们，作这种生活，不止一次，然而最使他心中有些战栗，而手中感到所执的器械的无力，与目中的晕湿，除了在他头一次见剖解尸体以外的，当以这一次算最厉害了！及至一切手术施完，已将那个整个的少妇的绝了呼吸的身体，完全分解了。那个碧眼宽肩的教师，还殷殷不倦地给学生们讲究妇人身体的构造上之特征，与她得此病的下部的异常状态。那些青年们，方以为借此机会得以听听内中的详细，他觉得身子坐在位子上有些摇撞，而且觉得周身如同被电流激动般的麻木。他并没十分注意去听教师的话，他回头去找与他平日很要好的友人秋士，可也奇怪，所有实习的人，全在这里，很恭敬与奇异地听这位老师的议论，独有秋士不知于什么时候走了。他想，秋士平日对于学校的功课，都很用心，至于实习解剖，他也并不畏缩，不疑惧地与同学们执着解剖刀，作那种脔割与支解的工作。他很不安地，而且闷闷地，听完教师的解释以后，他便跑回自修室去，寝室去，那里都找到，只是不见秋士在那里，他急急地找得满头是汗，后来还是在校园的一片草地上，发见秋士半卧在一块大石头上。他远远地看见，以为秋士或是被方才的剖解的异常状态吓昏了。他便加急走了几步，挨近秋士的身旁，喊了一声。秋士却带来满脸的泪痕，抬起头来，向他呆呆地看。他看秋士这种状态，惊得半晌没有说话。他一手握住了秋士的右手，觉得手指都颤颤地抖个不住。秋士呜呜咽咽地说：

"逸云……逸云呵！我才知道最富于残忍心的莫过于

人类；而且最无同情心的，也莫过于……于人类呵！以前……以前我怎么是不……永没曾明白过什么是人间的羞耻与过……恶，逸云呵！你没曾觉得到吗？你难道不曾明白什么是人类的过恶与羞耻吗？……明明地，将一个圣洁清白的好好的身体支解脔切了……呵！……我怕我真替人类羞耻呵！科学与发明，难道不是人间的最大的仇敌吗？逸云……我们日日在说为除消人类的病敌而努力，然在一方面，我们自己却残忍的如饥食人肉，或者更为厉害些的野蛮种族一般！……"秋士说到这里，忽然由泪痕中变成微笑，向着那已落的日光，藏在青青的蒙影里点头，续道：

"唉！你记到呀，一小时前的印象！她的遗体，她不过是二十多岁……呵！二十一岁的少妇呵！她不是为产后……得病而死的吗？……你晓得她的丈夫是谁？肯这样的暴弃，将他死后的妻子的身体，送到这个屠宰场里。……"

逸云听秋士激愤地说了这一大套话，并没有他插话的余地，这时见秋士问他：

"她丈夫是个警察厅里检稿官呵。"

"哼！检稿官……他恐怕多为他的妻出一份葬仪的

费用吧！……你看那个生动的少妇的面貌呵！她紧闭了淡红如脂的嘴唇露出其白如雪的身体，就像银光的河水上面，浮起了一朵含苞的红玫瑰花一样。她那久未梳理的头发，遮住尚不十分瞑了的眼光。虽是病久了的人，然而这个面貌，我从未见过这样的美丽与安慰的！当从病室抬到手术室的时候，我一眼触到那死尸时，你想我心中是有什么新的感触呵？我觉得仿佛第一次感到对于死体的爱慕；而同时也是第一次感到对于生人的伟大的系恋与诅咒！当我遵从教师的指导，去解剖妇人的下部肢体，唉！……多清白多令人宝爱的皮肤呵，为什么偏要将她作明亮而锋利的刀头的试验品？我的手当时竟不能从我心意上的迷神的命令了！你看我的手指，已经割破了几处！我也不知痛楚在那个地方。眼前骤然觉得如有些恍惚的青光，对着我飞舞一般。看着从那……流出来的血丝中，如同有个美丽而惨笑的少妇之面，对我点头！她何等的嘲笑，而且轻视我们这些缺乏同情心的少年人们呵！……逸云……我还再有支持的力量去听那位老而无智慧的教师去演说杀人的方术吗？我的眼睛如被云雾蒙住了地一般地痛。我在这块石板上……借着冷冰的僵石，我的自从哭过我母亲，和一个姊妹的眼泪又重行涌泛起来。我既不知是为了人类呵，还是为了我自己？还是为了那被人呼为试验品——支解的试验品的少妇的尸体？……总之我这时无丝毫勇气，再立在世界的阳光之下，除非另去寻觅我的新生命的途径的时候！……"

人间的生活，是时时刻刻变化的，也可说前进，也可说是退化的，在一定的生活方式中，总不会长久。而且也是人们天性中所不喜悦的，因此人的思想与行为，乃日日在变化不居之内。秋士自从失踪以后，直是音沉信杳，费尽了多人的力量，终不知这位多感而富有神经质的青年，飘堕到何处去了。逸云自然分外的感到悲思，而且独有他自己深知秋士远离学校的原因所在，因此每天常是郁郁地，对于应该自习，与实验的工夫也疏懒了好多。每到去解剖人体时，他执着利刃的刀钳，便想起秋士的沉痛的言语，与为人类而哭出的热泪，便不觉得手中迟钝了。不过逸云的性质，究竟比秋士坚定而富有毅力，眼看着在海滨医学快要卒业，也不肯再舍此他往。虽说秋士一走，给他永远留下一种深重的感触，但这不过一怅惘的回思罢了，没有秋士的态度，没有秋士的言语，在他目前，在他耳内，日日映现着，激听着，时光是去的快的，他对于解剖那位少妇的尸体后的刺激，也渐渐地淡忘下来。及至这样过了两年以后，所有的同学，以及校中的职教员们，对于秋士的事，也多没人提起，因此逸云也自然随了环境的变化，把秋士的狂热的青年性格，与其奇怪的行径，在脑子中也略觉模糊了。虽是有时在落叶之夕，与春云飞动的时候，常常想起他的旧友来，然而他对于后来的解剖人体，也毫不感痛苦了。

在这个多年的旧事的回念之中，在他自从与秋士分手，差不多十五年来是第一次的。当这封密封的信，寄到的时候，逸云万万料不到内中是包着老友——青年的老友，秋士的言语。他本来常常收到些中国或外国的朋友，由各国寄来的邮件，所以自然想不到秋士身上，况且是历久的余影，不可重行追求的余影。他自从海滨医学卒业之后，当了几年医生的助手，在外国医校里，居然取得一个很名誉的博士学位回来，便在这个地方，作了国立医院的院长。不但名誉在医学界中很高，即每月的收入也很不少。每天多少的事务，待他去作，那么久的青年的余影，在他的脑中，当然更是很微少的了。

这时他很从容地，坐在楼栏上的藤椅上，取过一支雪茄烟吸着，一面慢慢将来信拆开，他一看里面是用暗黑色的墨水写的字迹，却很夭矫飞动的。他便一字一句地读道：

　　逸云吾友：

　　今在何时，我乃忽寄此函与你，你必欢喜与惊惶，同时并作。我故作狡狯，在信封外没曾写我之字，你读至此数语，当不能知寄此函者为谁何？但你尚能记忆到十五年前，海滨医学校仲秋日之夕否？在落日的余光的沉荡中，有卧于石上饮泣者，你尚记得其人否？老友，不相见十五年中，多少世间变化流转的事与业，如同在万花镜中的小儿玩具。我今思及少年的识见，虽曰真纯，然经验人事愈多，则愈见其真纯的识见的狭隘与浅薄。当日在石上的泪痕，虽令风吹日蚀，我知其历久不灭。逸云，少年的泪痕，固永无遗灭之一日！我今虽欲再流注此点点热泪，既无此机缘，亦无此蕴力，所说失之一时不可复得了！我今之心，固然不敢说如止水不波，然勘透万变，唯专归上帝之

足下，虽人说我迷入宗教的歧途，我也不管得
许多。

这一段文字，正写了一张白色洋纸。逸云一面急急地
看下去，一面心里充满了惊喜与奇怪的反应的情绪！也
不及想索与判断。及至阅完这第一张以后，方觉得如同
缓过口气，便仰对着楼栏外的一树马缨花深深地吐了一口
气，仿佛是借此发泄出多年的沉滞下的忧郁一般。他这时
更不再疑惑，即时低下头去，重行检阅来信的第二页。

人以此多詈宗教，甚至詈及宗教生活的人，
我以为天地间的道理，原没有绝对的必要特定
着，坚抱着一个严重而含有排斥性的主见，甚
至不尊重他人的意志与自由，我以为殊过于费
力而且卤莽了。你在昔日，亦素为知我者，且
我在此时推测，你仍为最知我者之一，虽是
我们现在的取道不同。你记得呵，在二十年以
前，我每每同你以及好辩的几位少年同学，每
在课后，跑在校舍后面，探入海之中的一个土
股上的茅亭中，谈论许多问题。唉！那时的愉

快，今不可重行获得；我们眼看红沉而泛彩的
落日，听着在岸边被银涛冲打的声音，各个
人的高歌，或者作无所为的狂谈，少年的梦
痕呵！只今也止有付诸那落日的赤色和涛声
罢了！我今已觉白发渐增，日入老境，且早已
将少年的狂热的心情，变为静寂。久居此山
村中，更日见其鄙野，回思少年之日，犹如少
时对于恋人的爱慕，至老思及，犹觉颤栗与沉
荡！……

　　逸云看到这一段，不自知觉中，觉得目中已是欲泪
般的润湿。觉得秋士的少年的狂热的真诚，与令人感恋
的态度，纯实的言语，都如映现在身前一般的亲切，遂
即用指头揉了揉眼睛，又继续往下看去，是……

　　最使我终不能置忘者，即……我与你离别
之前六日，少妇之临解剖时，所留与我的淡红
双唇中的微笑。……此惨景，可谓为我从此以
后天使所降我身福音之象征表示，又可谓为一
生所受最沉重严厉的刑罚；——在初十年中，

我脑中嵌此惨笑之影，几无时或忘，仿佛在黑暗中，时时有此无形报施美丽奇怪的罚约，以随我之身，痛莫能去；又仿佛她时时以其娇白惨美之死后容光，向世界尽处，以求助力！此真不能使我刻忘者，不知你亦有此同感否？我今以缕缕无谓且有似于谈玄之言告你，然未曾先以我的行踪相告。实则我自幼即服从'死后埋骨于青山佳处'之言，则行踪若何，其在我辈，又那有甚深重的关系。况我久已不得与你同在海滨时作畅谈，而此长函的开首，即以行踪如何如何而见告，其为俗恶，亦殊难堪。逸云吾友！我今简单告你：

自从中了迷的爱箭于我心上以后，在我未去学校数日的夜里，直若时时有此美丽而惨笑的幽灵，在我身侧。有时在我施手术的短刀上，也常常发现此同样的面目，如此思想，其为有意识与否，我亦不知。但感此迷惘的痛苦者，固非一日。其后但觉在学校内不能一刻居住，于是我遂有在夜中出行之举。

逸云看到夜中出行那一句，自己略迟疑了一回，仿佛在思想是那个中夜的事，却再也记忆不起来。而秋士的信上道：

时为八月之末，夜中不能成寐，在寝室中，听同学鼾声如雷，益足助我对于目前生活的嫌恶的感想。时烂银的月光，由窗外射入，一团微动的灰影，映在白纱的帐上，如同示我以前途的象征一般。我被心中的感应及事象的反射所扰，在床上再不能安歇得住。便开了门，走到校园的竹丛边。仰看大的小的三五错落的众星，听得海中微微打岸的涛声，半圆的明月，正似在青天中嵌了个表示世界之灵魂的象征物，她将一丝丝的清光，放进一棵棵的树里，仿佛很甜蜜地吻着。满园的夜合花，正在表示出她们自然的、欢喜的无量的绸缪。在那样的清辉良夜之中，我是个正当可爱的青年，应当如何领受大自然的嘉纳与慰藉，然我却是更感到凄冷，更感到无边的落寞！如同在世界中的万象，都有他们的自然的美德与好感，只有我是个被遗弃而服过狂药的有罪青年！我见明星正在笑我，听见涛声，仿佛是我的怯懦，我几乎不能再在竹丛边立住。被狂热及迷惘的权能，遂将我胁迫逐出校园围墙以外，我今已不复记忆，有何力量，使我能越过此高可数尺的垣墙。但能记得在昏迷中，病卧于海岸的沙上，可有数小时。其后忽若有神感，使我精神，在匆促中，得以一振。沿岸西去可八九里，在半沉落的月光下，得一渔船，系缆于岸边，时渔村中人，正在耽睡，我乃费力解此粗缆，又不知如何将布帆挂起，登船南下。时晨雾微起，四围的景物，因月下落，都略觉模糊。岸沙外的渔村中的树影，都隐约地藏在淡雾——黎明的淡雾之下。你知我此时的感想何似？我不知何故，乃俯卧，对故乡之海岸而饮泣，我亦更不知在冥迷之前途上，将飘流于何所。但我心中，乃仿佛已燃灯塔的巨灯之光，不复如未入淡雾之海时的痴迷。……

吾友！此后事，如历历记得足成一有趣味而富有感动性之长篇小说。但此刻更不及一一学绘画的手段，完全描出。但有一要言告你者，则我的经历。能由死中而复生者，乃假手于上帝，而救我于不幸的灾害之中，故在今日的山中的小楼窗下，尚得此长书以寄你。使他人见之，必诽笑我，或以为实无其事，不过故造此浪漫之言，聊以解笑。然你固知我，此实我青年之梦里生活的新生命的更造！人或者都受支配于完全的命运的幻景之中，然命运何物？固不外由自己造成者！

逸云一气看了这五六张的白纸密字的长信，如堕入迷境中似地，有对于异境中的一种新的诱惑，在它的字句里，他不但不觉得倦怠，反而兴致勃勃地继续往下看去。

我在无尽的海中，飘流了一个昼夜，我不知饥渴，亦不知忧虑，静对着无限的苍茫的海水，作默思与领会的经过。然在那二十四小时以内。给我印象，与所感受得的了解，实足以定我后来的命运。……其后，风浪凶涌，我溺于海，终乃被一大船的救生艇救起。……由此得遇一美国老年的牧师——此牧师在东方多年，对于佛教，亦有极深的研究。一再令我至美……由此而后，我遂长为去国飘流的人！亦永为献身于宗教事业的人！以此善良的老牧师的教诲，经过四五年的传道生活，我乃由少年的热情之网中。而逃入清净与默思的网中。世界万网罗列，任人投入，出此入彼，莫可是非，但其转移志趣，与改定生活的方向，须以人的情感发越到何等程度为准则。我以为与理智无有关系。但这是我的一偏的见解呵！

自从四年前，我乃移居此美国南部的冷静与清旷的乡村中，以研究我的宗教生活，曾为宗教团体作正直的助力。此处农民亦复相忘我为异国之人，人人以和善之面目待我。有时在山中树下，为学校儿童讲述中国的神仙故事，众俱欢喜。有花伴我，有山对我，我亦不复忆及祖国。飘流浮荡，已过半生。家中固无他人，而以我青年时奇异的举动，人或疑我为疯狂、为死，我今殊安心于此寂寂的生活，以静我心波，与藉上帝之力，以启迪农民。至青年时狂热的迷想，今俱失去，盖以日日与自然，及真诚的人民天真的儿童相接触，亦没有何等惨厉之刺戟，在我思想中映现……

我何以知你的消息，此事述之，殊不足奇异。在十五年前，救我于死难中的老牧师，今已病居此山村中，不再外出，然其子约翰葛文，仍继续其志，常居东土，今年由印度到中国。有一天由我远离之祖国，寄一中国的古诗与我。此为他的最诚实而挚厚的赐予！知我不读中国诗者，已十余年，所以特意邮送与我。当时我收到此线订木板书册以后，至于涕泪，但尤使我动怀旧的感念者，则此书外裹以中国最近的新闻纸一张。我乃一字不遗，细读一过，不恒读中国书得此如久违的良友，见时反不能呼名般的生疏。至所叙中国的时事，我更茫然，唯中有全国医学联合会记事的一段，我于是知你的住址与事业。于十五年后的生活改变，与环境及思想的转换中，得知我最好的友人的踪迹，我久已静过的心乃不能不使之复动！……久不写中国字，错落与文法上的缪误，知我如你，不能责我，但我想在少年时，即留下的遗痕终不能磨灭了我的永久留下过的记忆的与对于中国字的重忆。此与当日手术室中的少妇的死后的面目一样！……一样的，永难割弃去！……

逸云读至此处，不由感动得真诚地点头赞叹！——他方以为后面还有好多的言语，看看日光已完全落了下去，刚能看清字画，便立了起来，急急地读下。

逸云正自热心地往下看去，不料手中一叠很厚的信笺，已经检阅到最末的一页。明明未曾写完，却再没有了。他非常的疑惑，不知如何丢失了？从第一页重行检过，仍然没有后面的。他便猜疑到是没有写完，就邮寄了？或者是写完而漏装在信封以内？但刚好说到自己的身上却看不见了，自己很为着急！而且看过秋士的信中所说的道理与经历，真同读了奇书一样的奇怪。

于是他一手执了这一叠很厚的信笺，也不再坐下。这时已在黄昏的微茫的景色里，他仰头向着淡红的晚霞望去，觉得"秋士真是远了！"只有这一句话的思想，在他自己的脑中来往。他并不回想同历的旧迹，不比较自己与秋士生活的不同，而此"秋士真是远了"的感想，却在这时占满了他的全意识的境界中。

一九二二年七月

在剧场中

有人说：人们的情感之流，最容易为外界的景物所转移而吸引。因此所以又有人说：世界全是藏在一个客观的镜中，甚而至于止有外来的物象与景色的吸收，而少有自我之力的发伸与融合。这种话，我曾经听过；而且常常听过是有些经验——自然是种种的经验——的朋友说的。我当时听过他们的话，心里却迷迷惑惑的不大很懂。因为我不是不懂得这两层话的意思，但若说教我确切保这两层话的意义的真实，我就没有这种武断的勇力了。

人间生活的方法，自然是多方面的，如同拿算术的形象来比较：那末，三角形的，四方形的，不等边形的，以至于六角形，圆锥形，这都是小小的谜呵。而生活方式的谜形更多。一壶茶，一碟瓜子，吸着香烟慢条斯理地坐着，谈着，而且发出啴缓的噫气，刻薄的笑声；握了柔嫩而颤动的异性的手指嗅到一种心里觉出的香味，看着，并且对看着早晚烂在腐肉中的眼睛，谈着些一去不可再留住，而且决没有真实留住的扯谈——或者说是神秘的情话。有狗在道路上咬人，人却用手杖打它，过去之后，心内却盘算着手杖的花纹有没损失与擦破。不可数计的事，不可数计的人生之生活的方式，浓味呵，一方是淡水中浮出来的咸波。兴致呵，也可以说得无聊。然不这样，他们便觉得孤寂索寞了，无意味了，而到底兴味在那里呵！

我从来不敢再往下寻思去。

有一回的小小的经验，给我而却不能助我解决这些久悬在胸中的疑闷，反而更使我对于人生之谜加了一层厚且黑的暗影。

情感是甚么东西？我将永远抱了"?"的符号埋向墓中去吗？

有一回我被几个友人，拉到那个中国最大都会的最大剧场中去。可以容纳三千多人的剧场，已是拥挤得没有空位子。他们引着我拣了楼上几个座子，坐下，卖瓜子的身影走过，喊水果的尖而咽的声音又接着穿过，直到五分钟过后，我还没留心去看剧台上是甚么东西在那里舞动，好容易一个一个短衣为生活的迫压而兜售零物的人走过之后，我瞥眼看见由台上的空中飞下个东西，飘飘飘飘地，落在台上。一个假装青衣女子，便延长着不像人的声音哭了起来。不多时火又烧了，一个一个的鬼影憧憧的在台上乱撞。又变了一个轻装的女子，穿了两个绸制的蝶翅，满台飞舞。一回又是长过胸下的胡子的皇帝，又是画了脸面的妖魔出现。我固然是莫明其妙，只有由外来的景象，使我回记起《石头记》上所说的"鬼神出没锣鼓喧天"的两句话了。

于是我觉强迫的疲倦，来袭击我的身心。而且开始也有点迷惑，然而剧场中一般努力不断的拍掌与喝采之声音，高一阵又低一阵。

在激动且是喧闹的境地中，人们大概曾阅历过吧。不但分外感觉得出无聊，尤其令人不可耐的是人生的烦闷，在神经中来催迫你，又仿佛来嘲笑你。但我在那几小时内，是走不脱的。索性用耳代目，避去了台上的光景，向全剧场中作观察。

楼顶上木制电扇，团团运转，无数的头颅在下面摇动。时或从这些人头中间，发出听不清楚的喧哗的声音来。几乎人人一把扇子，如白蝶般地飞舞。灰白色的煤气灯，格外布满了全场中的热气。人人伸高了脖颈，向那一隅的台上凝视。更有些惊奇与希望的眼光，望着台上画脸、长胡、尖声披发的妇女——自然是不像的妇女。甚么事能比这个吸引力格外大些？或者也有人正在嫉愤地恨骂这等新不新旧不旧的戏剧。实在我在这片刻所感受到的是人的生活方式之一种。所留与我的，只是一种我自以为神奇的世界，并不在戏剧的形式如何。即如所谓新式的近代剧，无论怎样，能逃出人类生活的方式外吗？我看见电扇的团转与白蝶般的扇之飞舞，短的、高的、白的、黑的，张了大口，放开眉头，满布汗臭味的所谓人类，正在那里虚伪地，以自娱的手段来消磨这个暑夜。有意味吗？台上的戏剧是虚伪的，看似活动电影中这些人，能够说是真实吗？由这些特异的象征物——电扇与飞舞的纸扇下的无数头颅——所引起我的不近人情——或者也可以这样说的思想，我登时觉得有无数的酸素的原质，在我脑与眼角中活动起来。我也开始觉得眼中有点润湿了。反复地寻索那一句话，不论怎样，"人生……人生只不过如此罢了！"

不久忽然台上耍了一套彩头，将全场大小电灯、煤气灯，完全熄灭。黑暗了，且是黑暗的对面不能看得见人影。而台上仿佛青磷般的闪动，有在上面跳舞的，黑暗中群众的切切与嚷嚷的声音。如同沙上的群蟹的爬动，如同在洞内蝙蝠群飞……我正自在心中这样的比拟，忽觉得仿佛有人正色向我质问道：

"你岂不是侮辱了人类吗？沙上之蟹……甚么东西？"

我想着，便不由地哑然失笑了出来。与我同来的那位友人，反吓了一下，他说："你莫非笑他舞得露出下部的腿来吗？"

我经他这一问，反而默然，又堕回这个人间，而非他人所谓不近情理的世界。

于是又暂时光明了，细看来自娱与聊以娱人的人们，额上的汗珠，都拭擦不及。而水蒸气与臭味弥漫，却充满了这个大的圆场。圆场中的人类呵，暂时静坐与间隔的纷扰，如波浪般的起伏和争逐。

大的喧嚷与哗唱，在台上重复闹出。而台上的人们，也随之作一阵一阵地起哄的声音。电扇的转动，也似加增了速度。然而我对于这些种种外来的景色却不能引起我的感应，只感一种寂寥的悲哀，在我心头荡动！

一阵高喊与殴打的声音，起于楼下。而其余坐上的人，只有将眼睛略为斜视一点，便无事般的又去注定全神，看那台上的假装的舞女。本来呵，粉光的脸，柔而白的手臂，活泼泼斜睨的眼光，用细胞组成的皮肤所遮掩过的白骨的骷髅，自然能惹得人们注意。而楼下闹了一晌，便见几个巡捕，扶出了一个破了头的青衣的人出去。而台上仍然是鬼神出没锣鼓喧天，坐上的人，仍是点头咂舌般地仿佛赞美，又仿佛惊异。

在这个剧场中我感到深深的寂寞，感到一切的无聊的象征，领受了一些乱杂的光，与不调和的音的烦扰，于是我便从心头上一一去记起人生的生活方式的无穷的类。其中之一是昨夜里在友人露台上的一段谈话。

C对我说："我看人生透极了，左右不过如此。聊以取愉乐于一时吧！"

我静对着白白的星光，没得言语能解答他。

联想又使我记起一事。在三年前的一个冬日里，在北京的一条小而清静得连犬吠也闻不到的巷中。我同S君，正围着一个泥制的火炉对坐。门外北风吹了雪花，打在窗纸上，清清冷冷地微响。因为各人有各人的心事，互在胸里。我伏在椅背上，S君取一本瓦德新作的《社会学》在手里，却没有去阅读。半晌，S君拍的一声将书丢在案上，愤然地道：

"剑三你信从伦理学上的目的说吗？"

我愕然没有答他，他又道：

"甚么是目的？人生的目的在那里？并且拘文牵义，说到……"

我至终也没有回答他。

由过去的经验与回想，使我如抽丝般地由我的脑中想起来，印证这个暑夜圆场中新感受到的印象。唉，世界果然全装在客观的镜中吗？人们的情感之流，果然最容易为外界的景物所转移吗？

我由烦扰，使耳目失了作用的剧场中归来，卧在帐内。总睡不宁贴。只有对着由绿纱中射过来的月光，这样而疑闷地思索。

月光冷冷地不答复我，后来便似在梦中，有个披发白衣的女子，赠了我一首歌词。只记得上半段是：

> 撷取幽径上的芳草哟，
>
> 摘取天上的明星哟，
>
> 既用以塞我聪，复用以蔽我明。
>
> 人间的世界呵！
>
> 只是旋转扰动……

在微黄色的朦胧中；

在血泊的腥臭的流上；

在荒无草、木、花的沙碛的表层。

一个赤红色的球形的象征；

一个悲哀使者的导引；

一丛枯草中的乱蛙鸣。

人间呵！可有个清轻的灵魂的归程？

兴味呵，只是冰冷！……

哦！不尽的言辞，却屏逐在记忆力之外了。觉后还仿佛见那个白衣女郎飘动着裙带，在黑暗的远处来指引我！

（这篇文字或者称不起是篇小说，但我真实的有这回经验；与在这一瞬间的感想及回念。所以我就不假修饰地写了出来。值得称为小说与否，那我就不计较了。作者记。）

一九二二年八月二十七日

湖畔儿语

因为我家城里那个向来很著名的湖上，满生了芦苇和满浮了无数的大船，分外显得偪仄、湫隘、喧嚷，所以我也不很高兴常去游逛。有时几个友人约着荡桨湖中，每每到了晚上，各种杂乱的声音一齐并作，锣鼓声、尖利的胡琴声、不很好听的唱声、男人的居心喊闹与粉面光头的女人调笑，更夹杂上小舟卖物的叫声，几乎把静静的湖水掀起了"大波"。因此，我去逛湖的时候，只有收视反听地去寻思些自己的事。有时在夕阳明灭、返映着湖水的时候，我却常常一个人跑到湖边僻静处去乘凉。一边散步，一边听着青蛙在草中奏着雨后之歌，看看小鸟唧啾着向柳枝上飞跳，还觉有些兴致。每在此时，一方引动我对于自然景物的鉴赏，一方却激发起无限的悠渺寻思。

一抹绀色间以青紫色的霞光，返映着湖堤上雨后的碧柳。某某祠庙的东边，有个小小荷荡，这处的荷叶最大不过，高得几乎比人还高。叶下的洁白如玉雕的荷花，到过午后，像慢慢地将花朵闭起。偶然一两只蜜蜂飞来飞去，还留恋着花香的气味，不肯即行归去。红霞照在湛绿的水上，散为金光，而红霞中快下沉的日光，也幻成异样的色彩。一层层的光与色，相荡相薄，闪闪烁烁地都映现在我的眼底。我因昨天一连落了六七个小时的急雨，今日天还晴朗，便独自顺步到湖西岸来，看一看雨后的湖边景色。斜铺的石道上满生了莓苔，我穿的皮鞋踏在上面，显出分明的印痕。

这时湖中正人声乱嚷，且是争吵的厉害。我便慢慢地踱着，向石道的那边走去。疏疏的柳枝与颤颤的芦苇旁的初开的蓼花，随着西风在水滨摇舞。这里可说是全湖上最冷静幽僻的地方，除了偶尔遇到一二个行人之外，只有噪晚的小鸟在树上叫着。乱草中时有阁阁的蛙声与它们作伴。

我在这片时中觉得心上比较平时恬静好些。但对于这转眼即去的光景，却也不觉得有甚么深重的留恋。因为一时的清幽光景的感受，却记起"夕阳黄昏"的旧话，所以对留恋的思想也有点怕去思索了。

　　低头凝思着，疲重脚步也懒得时时举起。天上绀色与青紫色的霞光，也越散越淡了。而太阳的光已大半沉在返映的水里。我虽知时候渐渐晚了，却又不愿即行回家，遂即拣了一块湖边的白石，坐在上面。听着新秋噪晚的残蝉，便觉得在黄昏迷蒙的湖上渐有秋意了。一个人坐在几株柳树之下，看见渐远渐淡的黄昏微光，以及从远处映过来的几星灯火。天气并不十分烦热，到了晚上，觉得有些嫩凉的感触。同时也似乎因此凉意，给了我一些苍苍茫茫的没有着落的兴感。

　　我正自无意地想着，忽然听得柳树后面有擦擦的声音。在静默中，我听了仿佛有点疑惧！过了一会，又听得有个轻动的脚步声，在后面的苇塘里乱走。我便跳起来绕过柳树，走到后面的苇塘边下。那时模模糊糊地已不能看得清楚。但在苇芽旁边的泥堆上却有个小小的人影，我便叫了一声道："你是谁？"

　　不料那个黑影却不答我。

　　本来这个地方是很僻静的，每当晚上，更没人在这里停留。况且黑暗的空间越来越大，柳叶与苇叶还时时摇擦着作出微响。于是我觉得有点恐怖了。便接着又将"你是谁"三个字喊了一遍。正在我还没有同过身来的时候，泥堆上小小的黑影，却用细咽无力的声音，给我一个答语是：

"我是小顺……在这里钓……鱼。"

他后一个字，已经咽了下去，且是有点颤抖。我听这个声音，便断定是个十一二岁男孩子的声音，但我分外疑惑了！便问他道："天已经黑了下来，水里的鱼还能钓吗？还看得见吗？"那小小的黑影又不答我。

"你在什么地方住？"

"在顺门街马头巷里。……"由他这一句话使我听了这个弱小口音仿佛在哪里听过的。便赶近一步道："你从前就在马头巷住吗？"

"不，"那个小男孩迅速地说，"我以前住在晏平街。……"

我于是突然把陈事记起："哦！你不是陈家的小孩子……你爸爸不是铁匠陈举吗？"

小孩子这时已把竹竿从水中拖起，赤了脚跑下泥堆来道："是……爸爸是做铁匠的，你是谁？"

我靠近看那个小孩子的面貌，尚可约略分清。哪里是像五六岁时候的可爱的小顺呀！满脸上乌黑，不知是泥还是煤烟。穿了一件蓝布小衫，下边露了多半部的腿，身上发出一阵泥土与汗湿的气味。他见我叫出他的名字，便呆呆地看着我。他的确不知道我是谁，的确他是不记得了。我回想小顺四五岁的时候，那时我还非常的好戏弄小孩子。每从他家门首走过，看见他同他母亲坐在那棵古干浓荫的大槐树的底下，他每每在母亲的怀中唱小公鸡的儿歌与我听。现在已经有六年多了，我也时常不在家中。但是后来听见家中人说，前街上的小顺迁居走了。这也不过是听自传说，并不知道是迁到什么地方去了。我每经过前街的时候，看看小顺的门首另换了人名的贴纸，我便觉得怅然，仿佛失掉了一件常常作我的伴的东西！在这日黄昏的冷清清的湖畔，忽然遇到他，怎不使我惊疑！尤其可怪的，怎么先时那个红颊白手的小顺，如今竟然同街头的小叫化子差不多了？他父亲是个安分的铁匠，也还可以照顾得起小孩子。哦！

我即刻将他领到我坐的白石上面，与他作详细的问答。

我就先告诉他：他几岁时我怎样常常见他，并且常引逗他喊笑。但他却懵然了。过后我便同他一问一答地谈起来。

"你的爸爸现在在哪里？"

"算在家里。……"小顺迟疑地答我。我从他呆呆目光中，看得出他对于我这老朋友有点奇怪。

"你爸爸还给人家作活吗？"

"什么？……他每天只是不在家，却也没有一次……带回钱来……作活……吗？……不知道。"

"你妈呢？"

"死了！"小顺简单而急迅地说。

我骤然为之一惊！这也是必然的，因为小顺的母亲是个瘦弱矮小的妇人，据以前我听见人家说过她嫁了十三年，生过七个小孩子，到末后却只剩小顺一个。然而想不到时间送人却这样的快！

"现在呢，家中还有谁？"

"还有妈，后来的。……"

"哦！你家现在比从前穷了吗？看你的……"

小顺果然是个自小就很聪明的孩子，他见我不客气地问起他家"穷"来，便呆呆地看着远处迷漫中的烟水。一会儿低下头去，半晌才低声说道：

"常是没有饭吃呢！我爸爸也常常不在家里。……"

"他到哪里去？"

"我不知道……可是每天早饭后才来家一次。……听说在烟馆里给人家伺候……不知道在哪里。"

说这几句话时，他是低声迟缓地对我说。我对于他家现在的情形，便多分明了了。一时的好问，便逼我更进一步向他继续问道：

"你……现在的妈多少年纪？还好呵？"

"听人家说我妈不过三十呢。她娘家是东门里的牛家。……"他说到这里，脸上仿佛有点疑惑与不安的神气。我又问道：

"你妈还打你吗？"

"她吗，没有工夫。……"他决绝地答。

我以为他家现在的状况，一个年轻的妇女支持他们全家的生计，自然没得有好多的工夫。

"那么她作什么活计呢？……"

"活计？……没有的，不过每天下午便忙了起来。所以也不准我在家里。……每天在晚上，这个苇塘边，我只在这里……在这里！……"

"什么？……"

小顺也会摹仿成人的态度，由他小小的鼻孔中，哼了一声道："我家里常常是有客人去的！有时每晚上总有两三个人，有时冷清清地一个也不上门。……"

我听了这个话，有点惊颤……他却不断地向我道：

　　"……我妈还可以有钱做饭吃。……他们来的时候，妈便把我喊出来，不到半夜，是不叫我回去的。我爸爸他是知道的，他夜里是再不回来的。……"

　　我听到这里，已经明白了小顺是在一个什么环境里了。仿佛有一篇小说中的事实告诉我：一个黄而瘦弱、目眶下陷、蓬着头发的小孩子，每天只是赤着脚，在苇塘里游逛。忍着饥饿，去听鸟朋友与水边蛙朋友的言语。时而去听听苇中的风声——这自然的音乐。但是父亲是个伺候偷吸鸦片的小伙役。母亲呢，且是后母；是为了生活，去作最苦不过的出卖肉体的事。待到夜静人稀的时候，惟有星光送他回家。明日呵，又是同样的一天！这仿佛是从小说中告诉我的一般。我真不相信，我幼时常常见面的玉雪可爱的小顺，竟会到这般田地？末后，我又问他一句："天天晚上，在你家出入的是些什么样的人？"

　　小顺道："我也不能常看见他们，有时也可以看一眼。他们，有的是穿了灰色短衣，歪戴了军帽的；有些身上尽是些煤油气，身上都带有粗的银链子的；还有几个是穿长衫的呢，每天晚上常有三个和四个……可是有的时候一个也不上门。"

"那为什么呢？"

我觉得这种逼迫的问法，太对不起这个小孩子了。但又不能不问他。

小顺笑着向我说道："你怎么不知道呢？在马头巷那几条小道上，每家人家，每天晚上都有人去的！……"他接着又笑了。仿佛笑我一个读书人，却这样的少见少闻一般。

我觉得没有什么再问他了，而且也不忍再教这个天真烂漫的孩子，多告诉这种悲惨的历史。他这时也像正在寻思什么一般，望着黄昏淡雾下的星光出神。我想：果使小顺的亲妈在日怕还不至如此，然而以一个妇女过这样的生活，他的现在的妈，自然也是天天在地狱中度生活的！

家庭呵！家庭的组织与时代的迫逼呀，社会生计的压榨呀！我本来趁这场雨后为消闲到湖边逛逛的，如今许多烦扰复杂的问题又在胸中打起圈子来。

试想一个忍着饥苦的小孩子，在黄昏后独自跑到苇塘边来，消磨大半夜。又试想到他的母亲，因为支持全家的生活，而受最大且长久的侮辱，这样非人的生活！现代社会组织下贫民的无可如何的死路！我想到这里，一重重的疑闷、烦激，再坐不住，而方才湖上晚景给我的鲜明清幽的印象，早随同黑暗沉落在湖的深处了。

我知道小顺不敢在这个时候同家去，但我又不忍遗弃这个孤无伴侣的小孩子，在夜中的湖岸上独看星光。因此使我感到悲哀更加上一份踌躇。我只索同他坐在柳树下面，待要再问他，实在觉得有点不忍。同时，我静静地想到每一个环境中造就的儿童……使我对着眼前的小顺以及其他在小顺的地位上的儿童为之颤栗！

正在这个无可如何的时候，突有一个急遽的声音由对面传来。原来是喊的"小顺……在哪……里呵？"几个字，我不觉得愕然地站起来。小顺也吓得把手中没放下的竹竿投在水里，由一边的小径上跑过去。我在迷惘中不晓得什么事突然发生。这时由苇丛对面跑过来的一个中年人的黑影，拉了小顺就走。一边走着，一边说道："你爸爸今天晚上在烟馆子被……巡警抓了……进去，你家里……伍大爷正在那里，谁敢去得？……小孩子！……西邻家李伯伯，叫我把你喊……去。……"

他们的黑影，随了夜中的浓雾，渐走渐远。而那位中年男子说话的声音也听不分明了。

我一步步地蹀回家来。在浓密的夜雾中，行人少了。我只觉得胸头沉沉地，仿佛这天晚上的气压度数分外低。一路上引导我的星光，也十分暗淡，不如平常明亮。

一九二二年八月

钟　声

　　月光和荡地映在用砖砌成的平台上面，独照着我们两个人的身影。碧空的秋夜的静气，如同禁住人间的呼吸一样。微风过处，吹得沿墙外的柳叶，散在地上瑟瑟地响。这时正是青白色的月亮尚没十分圆的秋夜，已是斜了天河，在月光上看去，其中如同有些银涛起落般的摇动。星光看不很明朗，然而独有近在天河畔上的参差的星光，还隐约看得清楚些。

　　四围的声息，安静了。好在这左近的地方很少人家居住，连犬吠的声音也听不到。由月光下所看见的索索响的芦苇，不很高的独立的土堆，土堆上面几棵枯枝的树影。除此以外只有青白色的月亮，星星侧在天河，与平台上的沉寂的人影两个。

　　已是十月的天气，夜间的冷威，已很严重了，况且在这个孤伶伶地方。立在那里，更感到精神上起一种冷的接触。每当夏日，庙外的苇塘中，常有水禽不断来来往往地飞，作出清脆的鸣声来。不过人生的时间，常是变换着，催迫着的。好的时间，好的风景，在人生中，也不过几个一瞬一瞬，便就丢掉了。回黄转绿，那终不过是敦厚的诗人聊以自慰的话罢了，其实我在这个冷僻的秋夜的陶然亭上，只有从内心中发生出真诚而凄清的细感，望着那四无人声，霜华隐约的空间。

正不必是在登山临水的时间中，正不必是在风凄雨迅的时间中，方能引起人们的情感，于无穷的意想里呵，只在此地，只在这样的一个月夜之下，只在这个单调而疏落的风景中，雁也没来，酒也未饮，凄凄咽咽地徘徊在这平台之上，仰看着仿佛冷笑的月亮，悬在没有片云的空中，俯视着我们，淡淡地赐予我们以色素的象征，够了呵！思量也罢，不思量也罢，心影上的怔忡，情绪上的波翻，悠悠呵，渺渺呵，外象能添印上些什么样的刻镂的伤痕在心上，然而又到底为什么只是觉得在胸头上，不知积压了多少不尽的言辞，却说不出？

在这如同幻化的景色之下，不过一瞥时之内我已将上面亘在心上的言辞，翻复寻思了几遍。

"前年我同一个朋友在中秋夜时，曾来过一次。你看不过二年,那时墙外的小柳树,还不到现在的一半高呢。"立在我左边与我同来的朋友T君,慢慢地向我说。

我正对着前面枯了的苇塘望着,从事我迅速的感思。听他说着,我便将头向左边回过来,质问般地道:"中秋……现在过了今年的中秋,又几个月了。……可是你来到北京几年没有回家去。因为每到了假期,别人都忙忙地跑回去,总没听见你曾有这回事……几年了!"我忽然拿这种话来问他,自己也不知如何突然连想起来的。

他道:"记不得了,呵!一年,二……三,四年多了吧!"下面他似乎还有话而没曾说出,便咽住了。其实我心上正在盘算着别一件事,作回思的工作。也没留心去问他。但是照常的答了一句。

"四年,日子不能算少了!"

他不语,我也不语。

忽然听得身后的砖壁上面,哗啦地响了一声,我陡吃一惊,回头看时一个黑色的大猫正跳过屋檐上去,却踹下一片瓦来。

声音或者也与人的思想有何关连,因这骤然的惊吓,反将我藏在心中,没有想到说出的话,继续郑重地向他问道：“你为什么不回家呢？……本来路太远了。也有点重于劳顿呵。”

　　他将两手交握在腹上，并没有即刻答复我，我素来知道他的性情，并不奇异，也没有再催问他。过了有三四分钟的时候，他仍然慢吞吞地道；

　　“回去做什么呢？”

　　这样的答复，是令人沉闷不过。我待要怎样再质问他？而自己却叮嘱自己，不问也罢了，谁还没有几许不能完全说出的话。何必呢，埋在各人的心里，或者还觉得安稳些。说出来左右不过是如此呵。什么都是一样，我也是有这个脾气，总觉得常是深秘保藏了的话，越发在静中咀嚼起来有意味些，那怕意味是苦的，酸辛的。有时说出一分来，仿佛将心意来瘦减了一分似的。我正自想着，不料他却又向我道：

　　“你有疑惑吗？……实在我同你两年来作了极熟的朋友，你还要问我这个话。……自然是我的不是，然而谁愿将自己的心，常挂在嘴角上呢。”

　　“不大懂得你话里的意思。”我不能不这样问他了。

　　“又何必懂呵！人间有几个人是可以懂得话里的意思的，膈膜……人间原是张了膈膜的密网，要将人们全个笼在里面的。……回家！啊，剑三，那个地方有我们的心愿之家？"他说这些话，微微带些酸楚了。枯苇在塘边低唱着细咽的挽歌，如同赞和他的话音一般。

T君是位一见令人生出异感来的青年：苍白的面色，眼眶下有时带点青痕，不常言语的冷秘的态度，瘦削的身躯，表示出包有多少抑郁与不安的情绪在内。我与他相熟的日子很多了，在这晚上我们发了逸兴，来到冷清的古寺的前时。我素来对于他的态度、言语，每见过他之后，就给我多添上一重深刻的印象，仿佛在他那常是戚戚的眉痕下面，聚藏了无限的神秘与令人思想不到的事实。这时我听了这种带有悲感的诗味的言语之后，虽在月光下，我又不禁将他那副清秀而奇异的面部，看了一眼。

似乎是情绪紧张着的他，将双手插在大衣的袋里，在窄狭的平台上面，来回走了两遍，又往下望了望东面的枯树中的月影。便慨然道："我有家的，我有我埋在墓中的父亲，也有我远嫁的姊妹，也有我生活困苦的母亲与兄弟，家啊，有的，但如今差不多每一人分为一个家了！只有精神上的家屋的建筑！……我也是血肉相合成的一个人，我就不想重回到我那远在五千里外的故乡去，撷一束野花供在父亲的墓上，去同我那年老的母亲、兄弟聚会？去抚视我童年时种成的花、树？去倚着我家的篱笆，看清溪的夜月？但生活逼迫着我，命运缚束着我，你知道我现在一面替人家每日作四小时的苦工，一面强制着时时荡动的感情，去研究着茫无头绪的学问，我又怎样能以回家去？……人的思想，有时对于目前的事，反而遗忘了。……不过虽知我如你，这种疑问，也要从直觉中问出来的。……再深一层说吧，我刻下不能回家，是时间限我，经济的链子锁住我的身体，更有……我差不多真也没有回去的勇气了。……"他说到这里，又似应该停笔的段落一般，突然止住。

人的言语，当然是有深与浅的层次的。越是在情绪沉挚与复乱的时候，言语中间更多曲折，往往本来可以一气说下的，反而说了半晌，没有头绪。这种经验，我也曾有过，所以对于T君在这时所告诉我的话，我的心上，虽是替他烦乱，但我并不催促着他即时说下。

团团的明月，好似在上面窃听我们的私语一般，又似嘲笑着人们在这个灰色的世界中，纷扰凌乱地过那种种的生活，而到这时却对着她有言无言地诉说衷曲。其实在一开了眼睛的生活的行程中，那里还不是茫无畔岸？那时还不是凌乱而纷扰啊？但千古流着银光的月亮，恐怕见惯了人间世的情态，也不免冷眼相视了呵。

他在言语暂停的时间内，我便生出种种的理想来，终究也没曾得个判断的结论。我自己觉得有时几乎如同透视过全世界的一切事物似的，却何尝不在纷扰凌乱中起精神上的冲突呢。

我这时自己不能忍耐了，便暂将理想中的镜子，牵过心上的帷幕遮掩过去，接着问他为什么没有回去的勇力？他也绝不吝啬不迟滞地将他藏在心中的旧事，隐隐约约地向我述说了一遍。

他道："我本来不想再说什么了。言语是所以使得彼此的感思，可以交通的，但有时一毫也没有用处。你以为树上的叶子，被风吹着响了起来，我们听了，或以为同奏着天然的音乐似的，以为很得了声音的天然的妙趣，试问树与叶的己身，未尝不以为这是可烦恼的事呵。我久藏在心底的话，其实是没有什么可说的。即便说了出来，也未必能以使得听者以为哀感，以为有兴会。平板而且细微的事，或者差不多的人也有过的。……我说我因此即没有回去的勇气，未免过于夸大了，我自己也觉得以为不安，然而在事实上，却也似乎有这一点的关连吧。……总是不安的生活，与难以容纳的回忆。

"我总是怕遇到那个薄云淡笼了月光的秋夜。像这样皎皎的银光射到我的心上，不过凄凄的感到幽忧的搏击罢了，最是当着不是黑暗的夜中，而月光却被云影吞蚀了去的时候，这样我不但感到了搏击我的幽忧，更且有种欲哭的恐怖，包住了我的心身。

"恋爱原是没有什么意义的，如果我们细加寻思起来。我现在听到他人说这两个字，几乎有点憎恨与诅咒的思想了。这并不是伪言呵，觉得一个人，无论谁，都要由这个富有引诱之色彩中，跳进，跳出，跳出又重复跳进，明是排列好的密密地的网罗，除了白痴与有神经病的疯人之外，谁也脱免不过。造物的主宰力，未免对于多难的人生，过于酷苛了。其实恋爱也不成一个名词，左不过是冲动与占有欲的更热烈的发展罢了。剑三，你或者以为我的主见太偏颇了……梦痕的留影，还不是空花吗？我们明知道是空花，却偏要他在现实的生命中，费多少精神，心血，去发见出来，且要歌诵他，供养他，崇拜他，谁道人类是最灵不过的动物呀。

"罢了！明明如月，独有她知道呢！然而刻在我心上的伤痕，她又何曾真真地照到。

"我就将这种伤痕的经过，告诉你一段吧。你也再不必去找头补尾地问我了，我也没有法子说，或者是记忆不许我多说，你又何必多听呵。不记得了，我那年正是十几岁是在很幼稚的童年吧。第一次我曾见她，谁呵，总是个女孩子的。在我们家乡中，风景自来是为外人所称道的，有曲折的清流，有秀润的山峰，在我家的住处，更有许多的果园，与一二处古时建立的庙宇的胜迹。在一年的秋日，我那个江村中，因为丰年的秋收，便举行了一个极热闹，而引动左近乡村中的人都来参观的大赛会。许多在城中正读书的小学生，也都被家庭中使人叫了回来，凑那几天的局面，现在想来，觉得实在有点不值得了。然而乡民虽是愚陋，比较还看出那时乡村的富力，和生活的安定呵。我自然是在城中读书的儿童之一，那时我母亲特地为我缝了一身新鲜的衣服，粉红色的缎袍，与新由远处托人买到的皮鞋，给我穿上去参加那个盛会。我那时虽知这等迷信的事，是可笑的，但为了游戏起见，自然也不反对。如今想来，那还是我一家人，最为快活欢聚的好时候。现在虽欲再穿了粉红缎袍，与不合适的皮鞋，遥遥的隔了几千里的白发的母亲，更何从看得见！而且给我整展衣角呢！……唉！什么事只不过余得个'过去'二字呵！

　　"有一夜，正是那个赛会举行最末后的一次，焰火咧，夜戏咧，哄动得各乡村中的人们，都来参加。当着夜会完结之后，我家中也开了一个筵会，招待那些亲友。我是记得很清楚的，在一间旧式的大屋中，满排列着些菊花，与由园中摘下来收藏了多日的果品。我家的亲友与他们所介绍的他们的亲友，大人、小孩子、姑娘们，都在屋子中随意坐了吃东西。屋子中腾满了笑声，彼此欢乐地杂谈。我也在他们的群中，不过听他们的言语与笑声，却不感到有何趣味。独有一位姑娘，与我对面坐着，在那里很安闲地吃一个梨子。我不由时时注视着她。在那时自己仿佛感到有种羞愧，且不安的态度。时时起立，又时时坐下，去细细地看我的衣服上有没有污迹，以及坐折的痕，曾有几处。这等心理，在我自己何曾明白，直到现在，也还是仍然不能明白。她穿了极洁净而朴素的衣服，看那个样子，如同城中的女学生相仿。可是那时乡村中，在城里读书的女子很少，我也不敢决定。……后来究竟被一位老妇人将我们来介绍了。她还说：你们正可以谈得来哩，吴姑娘是女学生，说说笑笑，不像他们没见过一点世面的，这样我们便在灯影下作第一次的谈话了。……如今记得什么呢？起初还很羞涩的，不好意思多说，究竟是小孩子，没有成人的虚伪，后来她竟写出一个英文字问我。说来也非常可笑，那时在城中所学的英文，过于浅了。她写出一个Beauty字来，将t上的一横画忘了，弄得我究竟也没有想起那是个什么字。她是个天真的女孩子，而且聪明，活泼，不过那时她并不取笑我。同我东一片西一片说了许多有趣味的事，不晓得为什么，我就觉得自己的灵感，已似乎被她所引动起的一般。向来不肯说话的，到那时说得又伶俐又有趣了。记得她头上簪了一朵小蕊没开的粉色菊花，在灯光下，她那双明慧的目光，几乎将我的全神摄住了。……这是第一次呵！但那夜正是个薄云笼住了月光的秋夜，夜已深了，人多散了，她自然也同了同来的要归去了。我觉得由她的目光，总是使我起一种留恋的意念。不知是我自己的幻想不是，不过我总相信人的初恋，方是一个异境的新到。而那时何尝梦见过这两个字，含有何等的意义。

"我惘惘地送她归去，即在那个灰暗色的夜中，同了母亲、妹妹，送她们沿着篱笆到一位亲戚家中去住下。

因为她不是我们村子中的人。江风吹送来的夜寒，使人战栗，一样的寂静的空间，不过我心中充满了活泼愉快，与含有疑问般的恋念。……"

他说到恋念两个字，仰头向上边的明月，吁了一口气，用手抚着头发，像是对他旧日的思想，加了选择的批判一般。我听了且不去寻究后来的事实，只此一点呵，已经使我代他生出无限的怅念出来。

T住了一会，便又道："还有一次，是在第二年了。她到我们的乡村中我的亲戚家来，住过几天。我那时虽是好在外面作钓鱼、捉蟋蟀等等兴趣的事，但自从她来过之后，便把这些事看得很为淡薄了。每天总想去同她说说一切的事，那自然不止是限于研究英文字母的事了。有一天早上，我抱了一大本新出版的铅笔图画，想去送与她看。因为那家亲戚的家中，我是走得很熟了，便一直地到她的屋子中。那知她正在梳头，有我亲戚家的一位老太太，一边为她用牙簪分开头发，一边却郑重地向我下第一次的命令。什么呢？就是不准我没早没晚的来。当时我觉得如同受了重大的羞辱一般，在柔弱的心中，填满了愤怒。她呢，也晕红了眼角，没得言语。幸而有黑而厚的头发盖住，没有被那位老妇人看见她的泪珠，滴在衣领上。

　　"自此以后，我与她便少有见面的机缘了。而且以后还有的……唉，我又何必说呵！总之，现在所余有的，只有'过去'的追忆了！只有在薄云笼了月光的秋夜中，所给予我的同一印象的感触！当时甜蜜的笑语，江边上的驰逐，然而竟然还遇到那种难堪的嫌疑的命令，何况……呵！罢罢！现在呢，什么事都变化了。我一个人的飘流，生活迫压我，社会的冷遇我，我更有什么心情去寻思这种细微的小儿女的琐事！然而我又怎么能加以理智的判断……不去思及？现在因经济与其他的事，我不能回家；即回去呵，对于旧迹上的回思，只感到搅碎了灵魂般的抖颤，便自然的将勇力减去若干呵！……"

　　他这段话，说得并没终结。我又急切问他，他却掉头去道："记忆不得了！又何必再说！……是这样的，总是一个不满的结局呵！月圆，月缺，原不算得什么事，只是盈与虚里，却尽是血痕与泪痕，填在中间。……

　　"我每逢到月夜，尤其是有薄云的秋夜，白日任有如何劳苦的工作，而夜间是不能睡的，有时如同入了幻境一般。……"

"人生第一次所受到的悲哀，严重的教训，莫过于知道人与人之间，须要层隔障呀！……"

皎白的霜华，包住了一个明月，冷清清的四周，独有我们两个人立在那里。他闪闪烁烁地叙出他童年初恋史的一段，我觉得这个广大的世界，似乎过于窄狭了。我真感到这种幻网中的生活，只是如此。我听着台下落叶凄凄地微语，更找不出什么话来能够慰藉他。

但他却又发起议论来了。

"由外象印刻到我的心中的情感，更不必是专说血呀，泪呀，说得过于严重了。细微的，便是永难忘怀的。真正传达胸臆的话，又何必是狂歌洒涕呵！方寸中的旧事的萦回，今到何处去重行觅回？我预计着我即强打精神，而生活上也还可容得我回到故乡去的时候，也不过往前走一程添一程的心头上的沉滞吧！而现在更说不到呵！"

夜深了，身上的寒气陡增，而得意的明月，却更显出静夜中的光辉来。我们再不言语了。及至回到平台后的屋子中时，虽是没有燃灯火的屋中，被月光照着，什么都很清楚。他伏在案上住了一会，便借着月光，用水笔在纸片上写了一首诗与我，我又重复走出门外，映着

月下的银光。看是:

> 灯下的旧痕,
>
> 从迷惘中飞过去了!
>
> 盛开之筵的杯前;
>
> 甜适之语的声里,
>
> 外边有人来了,
>
> 请她归去。
>
> 红烛的焰下,
>
> 只余了我家人的评语,
>
> 只余了我第一次的心头颤跳呵!……

　　这首诗不晓得是他以前作的,还是因为谈话所引起的悲感作的,我又重行看了一遍。方要问他时,突然铛的一声,清激而远荡的夜钟之声,由北面的龙泉寺中传来,便把我欲言的话咽住了。

　　　　　　　　一九二二年十一月五日,于北京。